ANDY MORGAN
DAS URTEIL DES TAIFUNS

Text: Greg   Zeichnung: Hermann

Carlsen Verlag

CARLSEN COMICS
Lektorat: Andreas C. Knigge
2. Auflage 1988

Aus dem Französischen von Klaus Strzyz und Heipe Weiß
LA LOI DE L'OURAGAN

Lettering: Michael Hau

03118801 · ISBN 3-551-01186-9

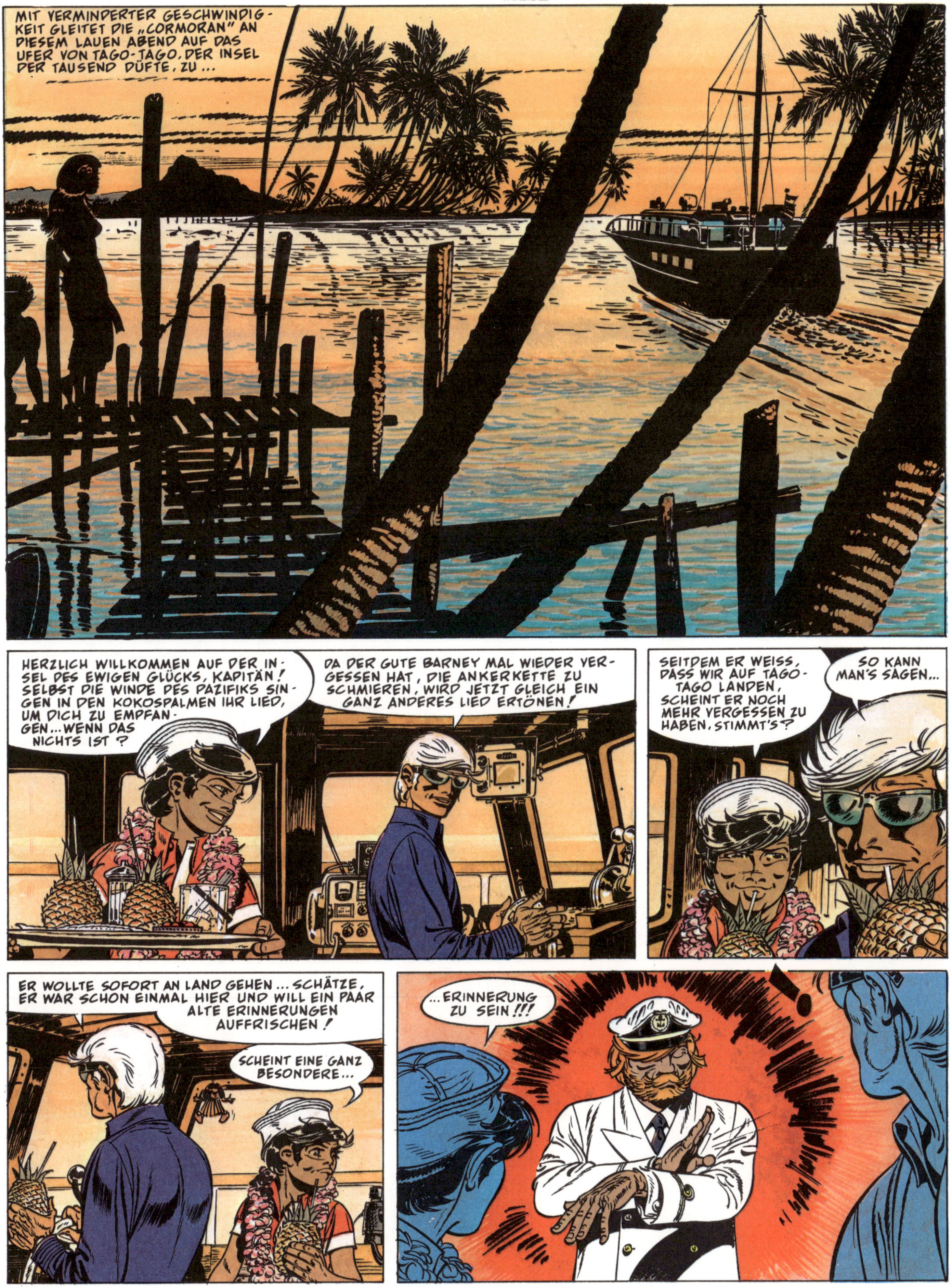

MIT VERMINDERTER GESCHWINDIGKEIT GLEITET DIE „CORMORAN" AN DIESEM LAUEN ABEND AUF DAS UFER VON TAGO-TAGO, DER INSEL DER TAUSEND DÜFTE, ZU ...
HERZLICH WILLKOMMEN AUF DER INSEL DES EWIGEN GLÜCKS, KAPITÄN! SELBST DIE WINDE DES PAZIFIKS SINGEN IN DEN KOKOSPALMEN IHR LIED, UM DICH ZU EMPFANGEN... WENN DAS NICHTS IST?
DA DER GUTE BARNEY MAL WIEDER VERGESSEN HAT, DIE ANKERKETTE ZU SCHMIEREN, WIRD JETZT GLEICH EIN GANZ ANDERES LIED ERTÖNEN!
SEITDEM ER WEISS, DASS WIR AUF TAGO-TAGO LANDEN, SCHEINT ER NOCH MEHR VERGESSEN ZU HABEN, STIMMT'S?
SO KANN MAN'S SAGEN...
ER WOLLTE SOFORT AN LAND GEHEN ... SCHÄTZE, ER WAR SCHON EINMAL HIER UND WILL EIN PAAR ALTE ERINNERUNGEN AUFFRISCHEN!
SCHEINT EINE GANZ BESONDERE...
... ERINNERUNG ZU SEIN!!!
!

UND WENN SCHON! MAN KÖNNTE MEINEN, IHR HÄTTET NOCH NIE EINEN MATROSEN AUF LANDGANG GESEHEN!
SCHON, ABER NEPTUN PERSÖNLICH...
...IN GALAUNIFORM IST EIN SCHOCK, DEN MAN NICHT SO SCHNELL WEGSTECKT!
MACHT EUCH NUR ÜBER MICH LUSTIG! ICH WERDE JEDENFALLS AN LAND ERWARTET!
DER HERR HAT SICH ALSO PER FUNK ANGEKÜNDIGT?
IHR SEID JA NUR NEIDISCH! DIE BAR ZUR FEURIGEN ORCHIDEE WARTET SCHON SEIT ZEHN JAHREN AUF MICH!
NICHT JEDES ETABLISSEMENT AUF DIESER INSEL KANN ADMIRAL JORDAN MIT MEHREREN MONATSLÖHNEN IN DER TASCHE ZU SEINEN ILLUSTREN GÄSTEN ZÄHLEN! BIS MORGEN...!
DAS GEFÄLLT MIR GANZ UND GAR NICHT! AUF DIESER INSEL SIND MATROSEN SCHON WEGEN SEHR VIEL WENIGER UM DIE ECKE GEBRACHT WORDEN!
ACH WAS! NICHT NUR DIE ZIVILISATION, SONDERN AUCH DIE POLIZEI MACHT IHRE FORTSCHRITTE...
HIMMLISCH! HIER HERRSCHT NOCH IMMER DIE GLEICHE FRIEDLICHE IDYLLE WIE FRÜHER...
ZUR FEURIGEN ORCHIDEE
!

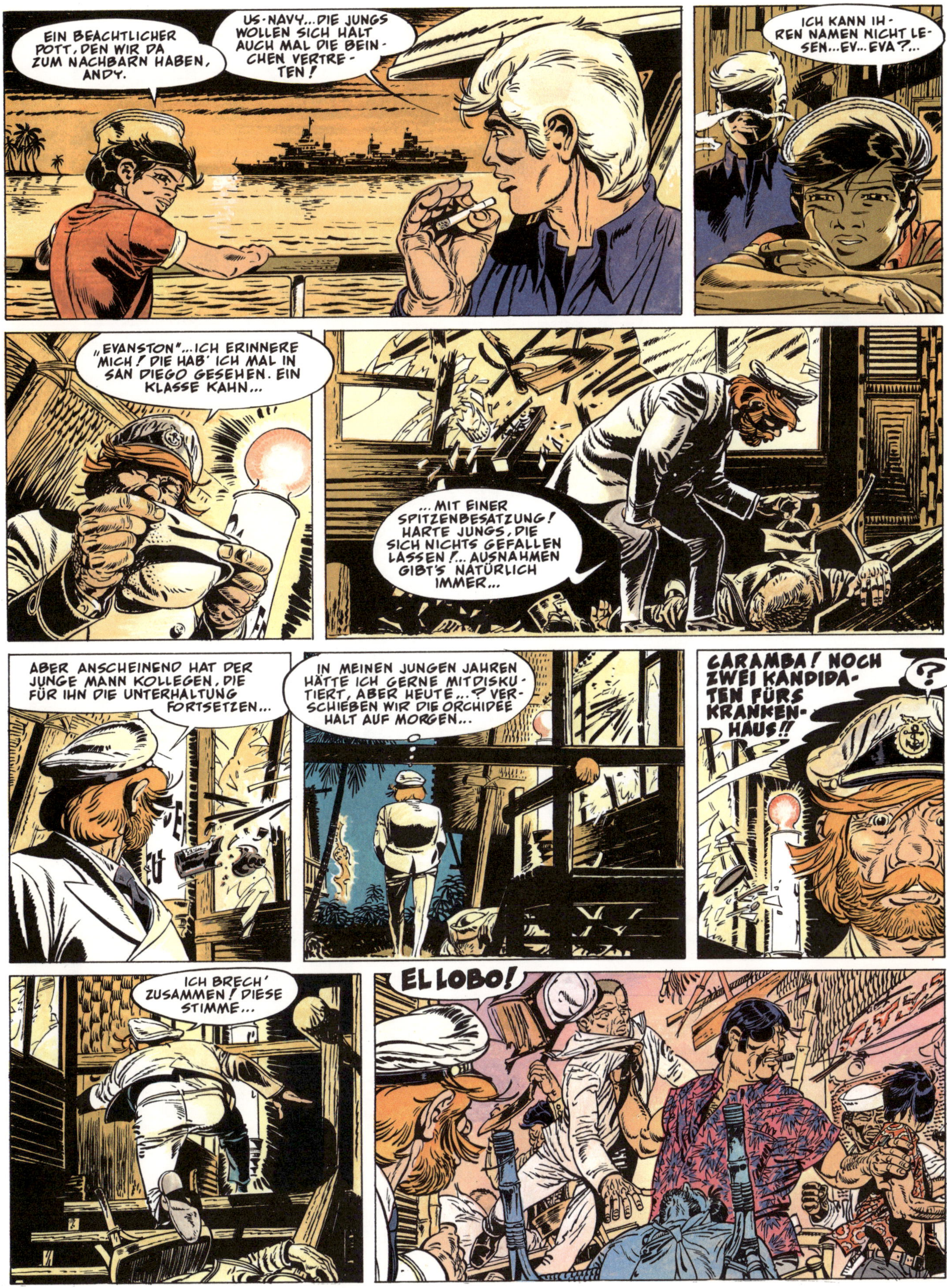

EIN BEACHTLICHER POTT, DEN WIR DA ZUM NACHBARN HABEN, ANDY.
US-NAVY... DIE JUNGS WOLLEN SICH HALT AUCH MAL DIE BEINCHEN VERTRETEN!
ICH KANN IHREN NAMEN NICHT LESEN... EV... EVA?...
„EVANSTON"... ICH ERINNERE MICH! DIE HAB' ICH MAL IN SAN DIEGO GESEHEN. EIN KLASSE KAHN...
... MIT EINER SPITZENBESATZUNG! HARTE JUNGS, DIE SICH NICHTS GEFALLEN LASSEN!... AUSNAHMEN GIBT'S NATÜRLICH IMMER...
ABER ANSCHEINEND HAT DER JUNGE MANN KOLLEGEN, DIE FÜR IHN DIE UNTERHALTUNG FORTSETZEN...
IN MEINEN JUNGEN JAHREN HÄTTE ICH GERNE MITDISKUTIERT, ABER HEUTE...? VERSCHIEBEN WIR DIE ORCHIDEE HALT AUF MORGEN...
CARAMBA! NOCH ZWEI KANDIDATEN FÜRS KRANKENHAUS!!
?
ICH BRECH' ZUSAMMEN! DIESE STIMME...
EL LOBO!

WAS FÜR EINE NETTE ÜBERRASCHUNG! JORDAN, MEIN ALTER KUMPEL...!
HIER!
KÜMMERE DICH UM IHN! ICH BIN SOFORT FERTIG...
NA, HÖR MAL, ICH HAB' MEINEN BESTEN FRACK AN...
SOSO, EIN FREUND VON DIESEM RABAUKEN! LOS, JUNGS, DEN NEHMEN WIR IN DIE MANGEL!
!?
UND DABEI WOLLTE ICH DOCH NUR EINEN FRIEDLICHEN ABEND VERBRINGEN...
WO BLEIBT DENN DIE POLIZEI? DIESE GRINGOS NEHMEN MIR NOCH DEN GANZEN LADEN AUSEINANDER!
SIE MUSS BALD DA SEIN... WIR SOLLEN SCHON MAL EINE FLASCHE KALT STELLEN...
DAS IST DAS SCHÖNE AN DER „EVANSTON"... WENN DIE JUNGS AN LAND SIND, KANN MAN SIE IMMER GESCHLOSSEN EINBUCHTEN...
MÖCHTE WISSEN, GEGEN WELCHE ARMEE SIE DIESMAL IN DEN KRIEG GEZOGEN SIND!

US NAVY POLICE
WUUUUUUUUUUU
VWUUUUUUUUUU
SORRY...
...ABER ICH MUSS DIE PARTY LEIDER VERLASSEN!
?
DAS VERSTEHST DU DOCH, ODER?
HE, EL LOBO, RÜCKZUG! DIE BULLEN RÜCKEN AN...!
BUENO!
SCHNELL DURCH DEN HINTERAUSGANG, BEVOR SIE DIE HÜTTE UMZINGELN!
NEIN, DIE TÜR IST ABGE-SCHLOSSEN...
CRRAACK
ACH WAS! JETZT IST SIE OFFEN... UND DU BRAUCHST NIE MEHR EINEN SCHLÜSSEL!
UND DER KLEINE ANDY? IST DER AUCH HIER?
JA, ABER DEN NEUESTEN KLATSCH ERZÄHLE ICH DIR SPÄTER!
IM MOMENT MACH DICH LIEBER GANZ KLEIN!
ICH BIN ENTSETZT, BARNEY... DU VERSTECKST DICH VOR LAUSIGEN 20 BULLEN? WIRST WOHL ALT, WIE?
TRRR!!!!!!!

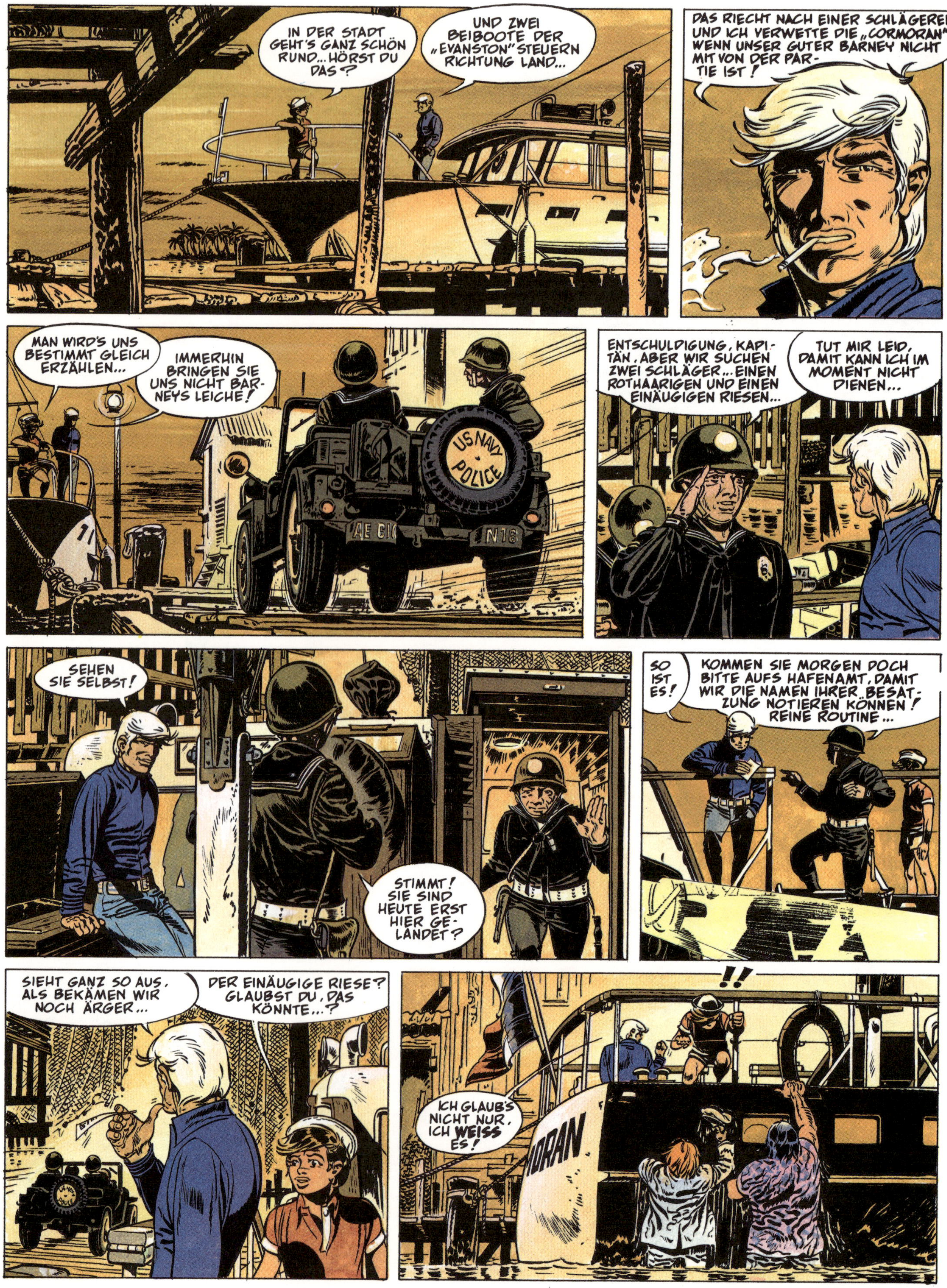
IN DER STADT GEHT'S GANZ SCHÖN RUND... HÖRST DU DAS?
UND ZWEI BEIBOOTE DER „EVANSTON" STEUERN RICHTUNG LAND...
DAS RIECHT NACH EINER SCHLÄGEREI... UND ICH VERWETTE DIE „CORMORAN", WENN UNSER GUTER BARNEY NICHT MIT VON DER PARTIE IST!
MAN WIRD'S UNS BESTIMMT GLEICH ERZÄHLEN...
IMMERHIN BRINGEN SIE UNS NICHT BARNEYS LEICHE!
US NAVY POLICE
ENTSCHULDIGUNG, KAPITÄN, ABER WIR SUCHEN ZWEI SCHLÄGER... EINEN ROTHAARIGEN UND EINEN EINÄUGIGEN RIESEN...
TUT MIR LEID, DAMIT KANN ICH IM MOMENT NICHT DIENEN...
SEHEN SIE SELBST!
STIMMT! SIE SIND HEUTE ERST HIER GELANDET?
SO IST ES!
KOMMEN SIE MORGEN DOCH BITTE AUFS HAFENAMT, DAMIT WIR DIE NAMEN IHRER BESATZUNG NOTIEREN KÖNNEN! REINE ROUTINE...
SIEHT GANZ SO AUS, ALS BEKÄMEN WIR NOCH ÄRGER...
DER EINÄUGIGE RIESE? GLAUBST DU, DAS KÖNNTE...?
!!
ICH GLAUB'S NICHT NUR, ICH WEISS ES!

...UND DANN HATTEN WIR PLÖTZLICH LUST, EIN BAD ZU NEHMEN... UND JETZT SIND WIR HIER!
WIE ROMANTISCH! UND WAS WAR DER GRUND EURER PRÜGELEI?
DAS MUSST DU IHN SCHON FRAGEN! ICH BIN LEIDER ERST NACH BEGINN DER VORSTELLUNG EINGELAUFEN.
DER GRUND UNSERER SCHLÄGEREI? ÄH...
CARAMBA, ICH WEISS ES NICHT MEHR! EINE SCHLÄGEREI IST EINE SCHLÄGEREI, UND GRINGOS BLEIBEN GRINGOS! DAS REICHT DOCH, ODER...?
DU BIST EIN MUTIGER UND TAPFERER JUNGE, EL LOBO, UND ICH HEGE DURCHAUS FREUNDSCHAFTLICHE GEFÜHLE DIR GEGENÜBER...
...ABER DA ICH DICH JETZT AM HALS HABE: NOCH EINE SOLCHE DUMMHEIT... **EINE,** SAGTE ICH... UND ICH WERFE DICH ÜBER BORD UND RUFE DIE POLIZEI... **VERSTANDEN?!**
SO, DAS MUSSTE MAL GESAGT WERDEN! MORGEN VERSUCHE ICH, DIE SACHE BEI DER POLIZEI INS REINE ZU BRINGEN... UND DANN VERLASSEN WIR TAGO-TAGO MÖGLICHST BALD!
ÜBERHAUPT, WAS MACHST DU HIER? DU BIST DOCH KEIN TOURIST, ODER?
CARAMBA, NEIN!
?!
ICH WILL HIER MEINE PERLENZUCHT ÜBERNEHMEN, DIE ICH VON EINEM AMERIKANER IM KARTENSPIEL GEWONNEN HABE! DREI MILLIONEN DOLLAR UMSATZ IM JAHR HAT ER MIR GARANTIERT...
!?

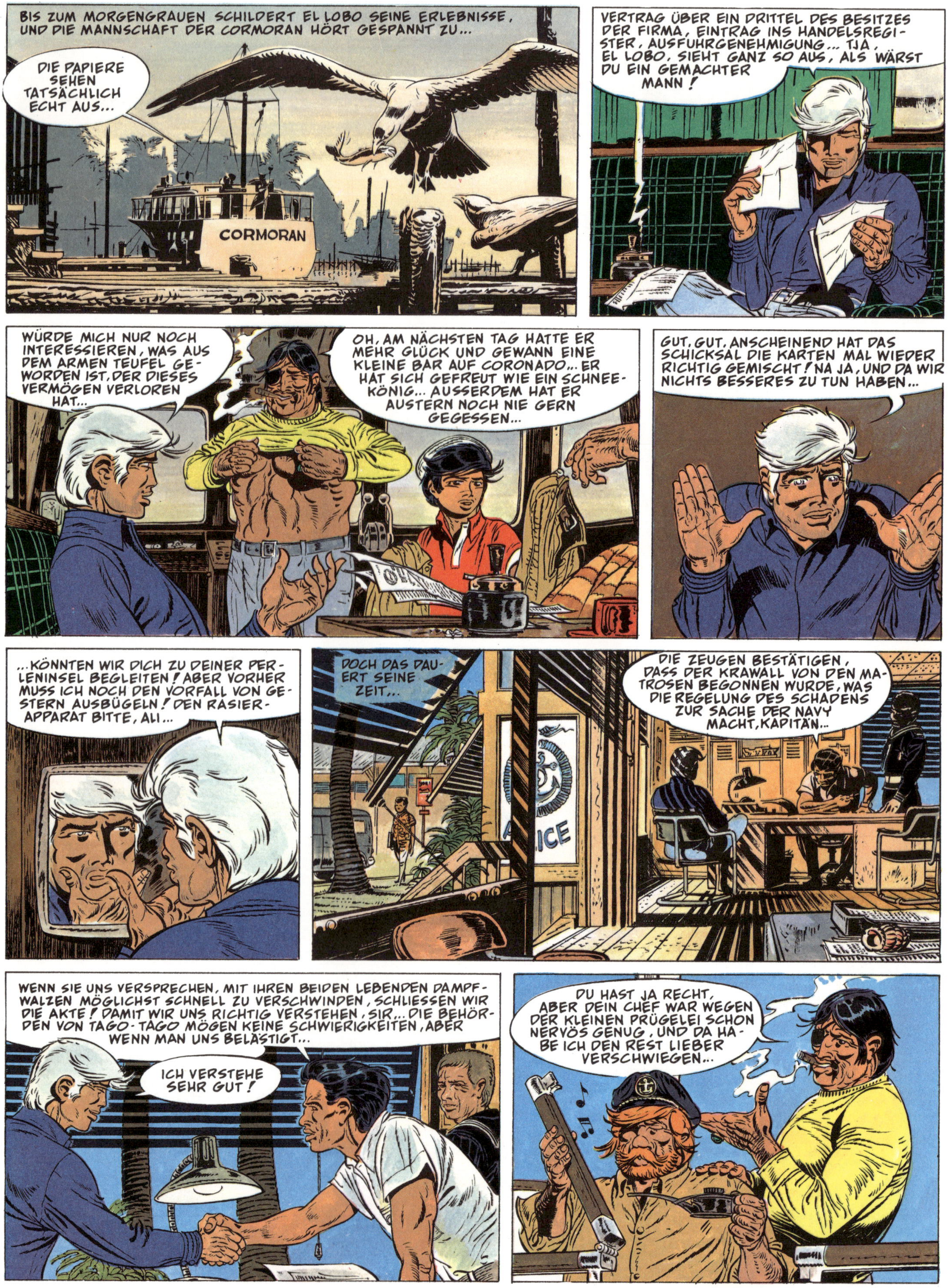
BIS ZUM MORGENGRAUEN SCHILDERT EL LOBO SEINE ERLEBNISSE, UND DIE MANNSCHAFT DER CORMORAN HÖRT GESPANNT ZU...
DIE PAPIERE SEHEN TATSÄCHLICH ECHT AUS...
CORMORAN
VERTRAG ÜBER EIN DRITTEL DES BESITZES DER FIRMA, EINTRAG INS HANDELSREGISTER, AUSFUHRGENEHMIGUNG... TJA, EL LOBO, SIEHT GANZ SO AUS, ALS WÄRST DU EIN GEMACHTER MANN!
WÜRDE MICH NUR NOCH INTERESSIEREN, WAS AUS DEM ARMEN TEUFEL GEWORDEN IST, DER DIESES VERMÖGEN VERLOREN HAT...
OH, AM NÄCHSTEN TAG HATTE ER MEHR GLÜCK UND GEWANN EINE KLEINE BAR AUF CORONADO... ER HAT SICH GEFREUT WIE EIN SCHNEEKÖNIG... AUSSERDEM HAT ER AUSTERN NOCH NIE GERN GEGESSEN...
GUT, GUT. ANSCHEINEND HAT DAS SCHICKSAL DIE KARTEN MAL WIEDER RICHTIG GEMISCHT! NA JA, UND DA WIR NICHTS BESSERES ZU TUN HABEN...
...KÖNNTEN WIR DICH ZU DEINER PERLENINSEL BEGLEITEN! ABER VORHER MUSS ICH NOCH DEN VORFALL VON GESTERN AUSBÜGELN! DEN RASIERAPPARAT BITTE, ALI...
DOCH DAS DAUERT SEINE ZEIT...
DIE ZEUGEN BESTÄTIGEN, DASS DER KRAWALL VON DEN MATROSEN BEGONNEN WURDE, WAS DIE REGELUNG DES SCHADENS ZUR SACHE DER NAVY MACHT, KAPITÄN...
WENN SIE UNS VERSPRECHEN, MIT IHREN BEIDEN LEBENDEN DAMPFWALZEN MÖGLICHST SCHNELL ZU VERSCHWINDEN, SCHLIESSEN WIR DIE AKTE! DAMIT WIR UNS RICHTIG VERSTEHEN, SIR... DIE BEHÖRDEN VON TAGO-TAGO MÖGEN KEINE SCHWIERIGKEITEN, ABER WENN MAN UNS BELÄSTIGT...
ICH VERSTEHE SEHR GUT!
DU HAST JA RECHT, ABER DEIN CHEF WAR WEGEN DER KLEINEN PRÜGELEI SCHON NERVÖS GENUG, UND DA HABE ICH DEN REST LIEBER VERSCHWIEGEN...

PST, DA KOMMT ANDY... VIELLEICHT MACHST DU DIR JA AUCH NUR UNNÖTIG IN DIE HOSE...
ICH WÄRE MIR DA SCHON GERNE SICHER...
NUN, ALLES KLAR? SIND DIE HERREN VON DER POLIZEI JETZT ZUFRIEDEN?
JA, WIR KÖNNEN DIE ANKER LICHTEN! TROTZDEM SEHT IHR ZWEI RAUFBOLDE DIE SACHE ETWAS ZU LOCKER...
ICH HABE NÄMLICH KEINE LUST, DASS MAN MIR AUF DER GANZEN WELT WEGEN IRGENDWELCHER ESKAPADEN ANLEGEVERBOT ERTEILT!
ÄH... TUT MIR LEID. ICH BIN MANCHMAL EIN ESEL...
DAS REICHT, ALTER! DAS MEER IST GROSS, UND BALD IST ALLES VERGESSEN! UND ZIEH NICHT SO EIN GESICHT...
KLAR ZUM ABLEGEN! ICH ÜBERNEHME DAS RUDER...
DAS WAR NICHT GERADE FAIR, IHM NICHTS ZU SAGEN, BARNEY! ICH WERDE DICH NICHT VERRATEN, ABER TROTZDEM...
MIR KREIST DIE MÜTZE, WAS SOLL ICH NUR MACHEN? ANDY IST MEIN KUMPEL, UND EL LOBO AUCH... ICH KANN DOCH KEINEN VON BEIDEN IM STICH LASSEN...
BARNEYS SORGEN SIND NICHT GANZ UNBERECHTIGT, DENN ZUR GLEICHEN ZEIT, EINIGE MEILEN VON TAGO-TAGO ENTFERNT...
ICH KENNE DIESE BANDITEN! DER TYP WIRD NICHT ALLEINE AUFKREUZEN! ABER WEDER ER NOCH SEINE BANDE WERDEN DIESE INSEL BETRETEN, DENN ICH KNALLE SIE VORHER AB!!!

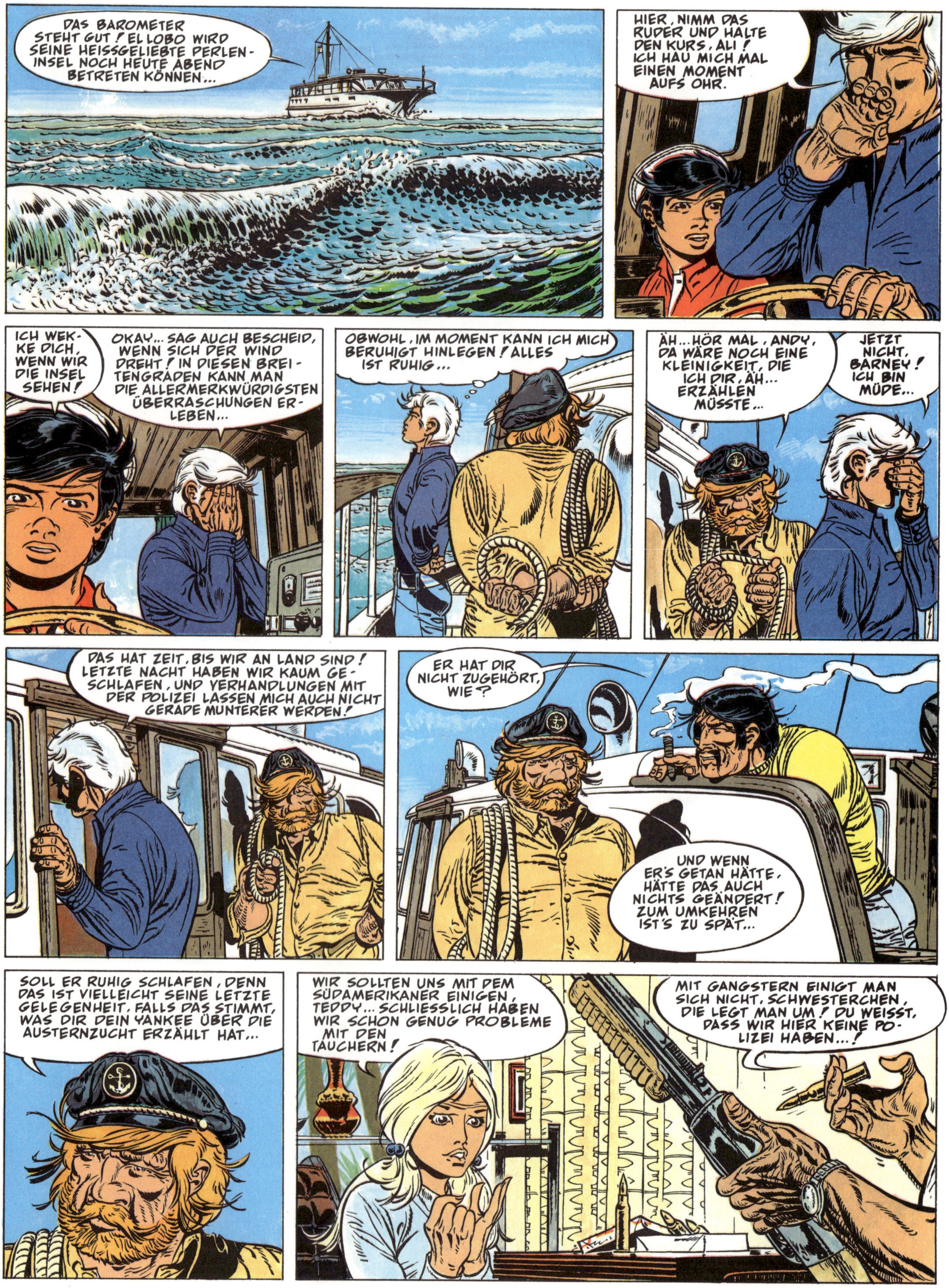
DAS BAROMETER STEHT GUT! EL LOBO WIRD SEINE HEISSGELIEBTE PERLENINSEL NOCH HEUTE ABEND BETRETEN KÖNNEN...
HIER, NIMM DAS RUDER UND HALTE DEN KURS, ALI! ICH HAU MICH MAL EINEN MOMENT AUFS OHR.
ICH WEKKE DICH, WENN WIR DIE INSEL SEHEN!
OKAY... SAG AUCH BESCHEID, WENN SICH DER WIND DREHT! IN DIESEN BREITENGRADEN KANN MAN DIE ALLERMERKWÜRDIGSTEN ÜBERRASCHUNGEN ERLEBEN...
OBWOHL, IM MOMENT KANN ICH MICH BERUHIGT HINLEGEN! ALLES IST RUHIG...
ÄH... HÖR MAL, ANDY, DA WÄRE NOCH EINE KLEINIGKEIT, DIE ICH DIR, ÄH... ERZÄHLEN MÜSSTE...
JETZT NICHT, BARNEY! ICH BIN MÜDE...
DAS HAT ZEIT, BIS WIR AN LAND SIND! LETZTE NACHT HABEN WIR KAUM GESCHLAFEN, UND VERHANDLUNGEN MIT DER POLIZEI LASSEN MICH AUCH NICHT GERADE MUNTERER WERDEN!
ER HAT DIR NICHT ZUGEHÖRT, WIE?
UND WENN ER'S GETAN HÄTTE, HÄTTE DAS AUCH NICHTS GEÄNDERT! ZUM UMKEHREN IST'S ZU SPÄT...
SOLL ER RUHIG SCHLAFEN, DENN DAS IST VIELLEICHT SEINE LETZTE GELEGENHEIT, FALLS DAS STIMMT, WAS DIR DEIN YANKEE ÜBER DIE AUSTERNZUCHT ERZÄHLT HAT...
WIR SOLLTEN UNS MIT DEM SÜDAMERIKANER EINIGEN, TEDDY... SCHLIESSLICH HABEN WIR SCHON GENUG PROBLEME MIT DEN TAUCHERN!
MIT GANGSTERN EINIGT MAN SICH NICHT, SCHWESTERCHEN, DIE LEGT MAN UM! DU WEISST, DASS WIR HIER KEINE POLIZEI HABEN...!

BOSS, BOSS, DU KOMMEN UND SEHEN! WIR KRIEGEN BESUCH...
RAAA! BEEESUCH! BEEESUCH! RAAA!
EIN WEISSES SCHIFF WIE DAS VON HELLEN MÄNNERN AUS TAGO-TAGO!
TAGO-AGO!... RAAA!
JETZT SCHON?
ÜBERLEG DIR'S NOCH EINMAL, TEDDY! DU BIST KEIN MÖRDER...
ICH LASSE MICH NICHT VON MEINER ENTSCHEIDUNG ABBRINGEN, CRYSTAL!... AUS WELCHER RICHTUNG KOMMT DAS SCHIFF?
VON HINTER DEN ROTEN RIFFEN! DA VORNE...
SEHR GUT! SIE WERDEN DRAUSSEN VOR DEM KORALLENRIFF ANKERN MÜSSEN!... KLAR, DIE KERLE KÖNNEN NICHT MAL RICHTIG NAVIGIEREN...
GIEREN! RAAA!
HIER WIMMELT'S VON RIFFEN UNTER DER KIELLINIE! DU MUSST ANDY WEKKEN, BARNEY!
ACH WAS, ICH SCHAFFE DAS SCHON!
MAN WIRD UNS BEIM ANLEGEN BESTIMMT HELFEN! AM STRAND HABE ICH ZWEI MÄNNER GESEHEN... GIB DEINE BEFEHLE, ADMIRAL!
WARUM EIN RISIKO EINGEHEN? ICH LEGE DEN KAHN HINTER DIESER KORALLENZUNGE LÄNGSSEITS... AUSSERHALB DER BRANDUNG!
STOPF DEINEM FEDERVIEH DEN SCHNABEL, KULUAN, DENN SONST HÖREN SIE SEIN GEKRÄCHZE NOCH AUF DEM SCHIFF! ICH WILL DIE BANDE SCHLIESSLICH ÜBERRASCHEN...!

ANKER FEST, ADMIRAL! MACH DIE MASCHINEN AUS...!
GUT! ICH GEHE JETZT ANDY WECKEN...
PUH, ALLES LÖST SICH IN WOHLGEFALLEN AUF! WIR HABEN UNS UMSONST SORGEN GEMACHT...
BANG
HE, DER MOTOR LÄUFT NICHT MEHR... UND WAS WAR DAS FÜR EIN KNALL?
UND FALLS SIE DIESEN ERSTEN SCHUSS NICHT VERSTANDEN HABEN...
BANG
DZZIINK
ANDY! MAN SCHIESST AUF UNS!!!
IST MIR AUCH SCHON AUFGEFALLEN! ZUM TEUFEL, WAS GEHT HIER VOR? WO SIND WIR ÜBERHAUPT?
VOR EL LOBOS PERLENINSEL! WIR HABEN GEANKERT!
DAFÜR HABEN WIR JETZT DEN SALAT...!
BARNEY WOLLTE DICH NICHT WEKKEN UND IST DESHALB ALLEINE VOR ANKER GEGANGEN...
CARAMBA, ALSO HAT DIESER GRINGO AUF CORONADO DOCH NICHT GELOGEN! MAN SCHEINT MICH HIER NICHT ZU MÖGEN!
DU HAST DAS GESETZ AUF DEINER SEITE, EL LOBO! WIR WERDEN IHNEN ALLES ERKLÄREN, RUHIG UND FRIEDLICH, WIE ES SICH GEHÖRT! HAST DU NOCH PATRONEN?

ICH GLAUBE, JETZT HABEN SIE'S KAPIERT! HA! HA! HA! DIESE TYPEN SIND DOCH ALLE GLEICH! WENN MAN IHNEN DIE STIRN BIETET, WAGEN SIE ES NICHT, SICH ZU WEHREN...!
BANG BANG BANG BANG
DECKUNG, BOSS! SCHNELL, SCHNELL!
SCHNELL! SCHNELL! RAAA!
SEID IHR VERRÜCKT ?!
BANG
WEG MIT DER ARTILLERIE! IHR GLAUBT WOHL, IHR KÖNNTET HIER EUREN KLEINEN PRIVATKRIEG FÜHREN!
ABER ANDY, DER TYP AUF DER INSEL HAT ZUERST AUF UNS GEBALLERT ...
NA UND ?!
ICH HAB'S EUCH DOCH SCHON MAL GESAGT... KEINEN ÄRGER MIT DER POLIZEI! WAS AUCH IMMER DA LOS IST, WENN IHR GLAUBT, IHR KÖNNTET DAMIT ETWAS ERREICHEN...
BANG
VOLLTREFFER! WENN SIE DEN KAMPF WOLLEN, BITTE SEHR ...
VORSICHT..!
?!
BANG

KULUAN! SCHNELL, ZIEH MICH RAUS! DAS MONSTER...
SCHWIMMEN, BOSS, SCHWIMMEN! MEINE HAND SEIN NOCH ZU WEIT WEG...!
WAS IST DENN MIT DIESEM ANFÄNGER LOS? WARUM STRAMPELT DER SO?
VIELLEICHT EIN KRAMPF... WORAUF WARTET DER ANDERE?
ICH KOMME!
HI... HILFE! DAS MONSTER! NEIN...
WAS IST MIT MEINEM BRUDER LOS, KULUAN?
IM... IM WASSER, LADY BOSS! DORT BEI DER HÖHLE DES SCHWIMMENDEN TODES!!
RUHIG, MISTER, ICH BIN SCHON DA!
ZU SPÄT! SCHNELL, RETTEN SIE SICH!
DAS MONSTER HAT UNS SCHON ENTDECKT! DA, DER SCHWIMMENDE TOD!
!?!

BEI ALLEN TEUFELN DER SIEBEN MEERE...
EINE RIESEN-MURÄNE!
GROSSER GOTT! ICH HAB' ZWAR SCHON VON SOLCHEN MONSTERN GEHÖRT, ABER...
UND DER TYP IST SCHON WIEDER AM ABSAUFEN!... SCHNELL, EHE DAS UNTIER NOCH MAL ANGREIFT...!
ICH KNALLE ES AB...
NEIN, DENN DU WÜRDEST EHER ANDYS KOPF ALS DIE HAUT DIESES MONSTERS DURCHLÖCHERN! LASS MICH MAL, HIER...
...GIBT'S NÄMLICH NUR EINS...
WARTE!
IHR DA IM WASSER! SCHNELL! TAUCHT, SO TIEF IHR KÖNNT!

EIN SPRENGSATZ! ABER... DAS IST JA MORD! ANDY MUSS ES VOLL ERWISCHT HABEN!
BERUHIGT EUCH, DAS WAR NUR EINE FARBBOMBE! FÜR MENSCHEN VÖLLIG UNGEFÄHRLICH...!
GEFÄHRLICH! RAAAAAA!
DA! SIE TAUCHEN WIEDER AUF!
UND DAS MONSTER DAMPFT AB!
OH, MANN, DIE EXPLOSION HAT MIR FAST ALLE LUFT GENOMMEN! TAUCHEN WIRD GANZ BESTIMMT NICHT MEIN LIEBLINGSSPORT WERDEN...
KAPITÄN BOSS, IST... IST SIE ETWA...?
SPRICH LAUTER, MEIN JUNGE, ICH HÖRE NÄMLICH IMMER NOCH DIE GLOCKEN IN MEINEM KOPF KLINGEN!
ICH FRAGE MICH, OB ICH IHNEN FÜR IHR EINGREIFEN DANKBAR SEIN SOLL, LADY! ICH WILL NÄMLICH NICHT FÜR DEN REST MEINER TAGE TAUB SEIN!
SEIEN SIE FROH, DASS SIE ÜBERHAUPT NOCH LEBEN...
ANDERE VOR IHNEN HATTEN DA WENIGER GLÜCK! DAS MONSTER HAT VIELEN UNSERER PERLENTAUCHER DAS LEBEN GEKOSTET...
ABER LEIDER IST ES UNVERWUNDBAR!
?!

DAS BIEST BEDROHT ALSO DIE PERLENTAUCHER AUF DIESER INSEL?
JA! VIER LEUTE HABEN WIR SCHON VERLOREN...
WIR HABEN ES SCHON MIT ALLEN MITTELN VERSUCHT...
DIE FARBBOMBE HÄLT DIE MURÄNE NUR SEHR KURZE ZEIT AB, UND DIE TAUCHER TRAUEN SICH SCHON GAR NICHT MEHR UNTER WASSER...
UND WIE WÄRE ES MIT EINEM GUTEN KARABINER...?
HAT MEIN BRUDER DOCH VERSUCHT! ER IST SICHER, DASS ER SIE MEHRMALS GETROFFEN HAT, ABER SIE LEBT NOCH! DAHER AUCH DIE LEGENDE!
FÄLLT MIR SCHWER, DAS ZU GLAUBEN, LADY!
LEGENDE STAMMEN VON LALLOTUO... ER WAR SCHON HÄUPTLING DES DORFES, BEVOR KAPITÄN TEDDY DAMIT ANGEFANGEN HAT, NACH PERLEN ZU SUCHEN. WAS ER SAGTE, WAR GESETZ. UND DANN GINGEN DIE MÄNNER ZUM TAUCHEN, DAS BRINGEN GELD, KONSERVEN, STOFFE FÜR BEWOHNER DES DORFES...
LALLOTUO SAGTE, DAS SEIEN SCHLECHT, ABER NIEMAND HÖRTE AUF IHN, WEIL ALLE SEHR REICH. DANN KAM DIE MURÄNE...
...UND DER HÄUPTLING PACKTE DIE GELEGENHEIT BEIM SCHOPF! ICH KANN IHN FAST HÖREN: DIE GÖTTER BESTRAFEN ALLE, DIE ZUM TAUCHEN GEHEN, MIT DEM SCHWIMMENDEN TOD... DIE KAM WIE GERUFEN, DIESE MURÄNE!
UND DASS WIR HIER EINEN SÜDAMERIKANISCHEN ELEFANTEN ABLADEN, WIRD DIE ATMOSPHÄRE AUCH NICHT GERADE ENTSPANNEN...!

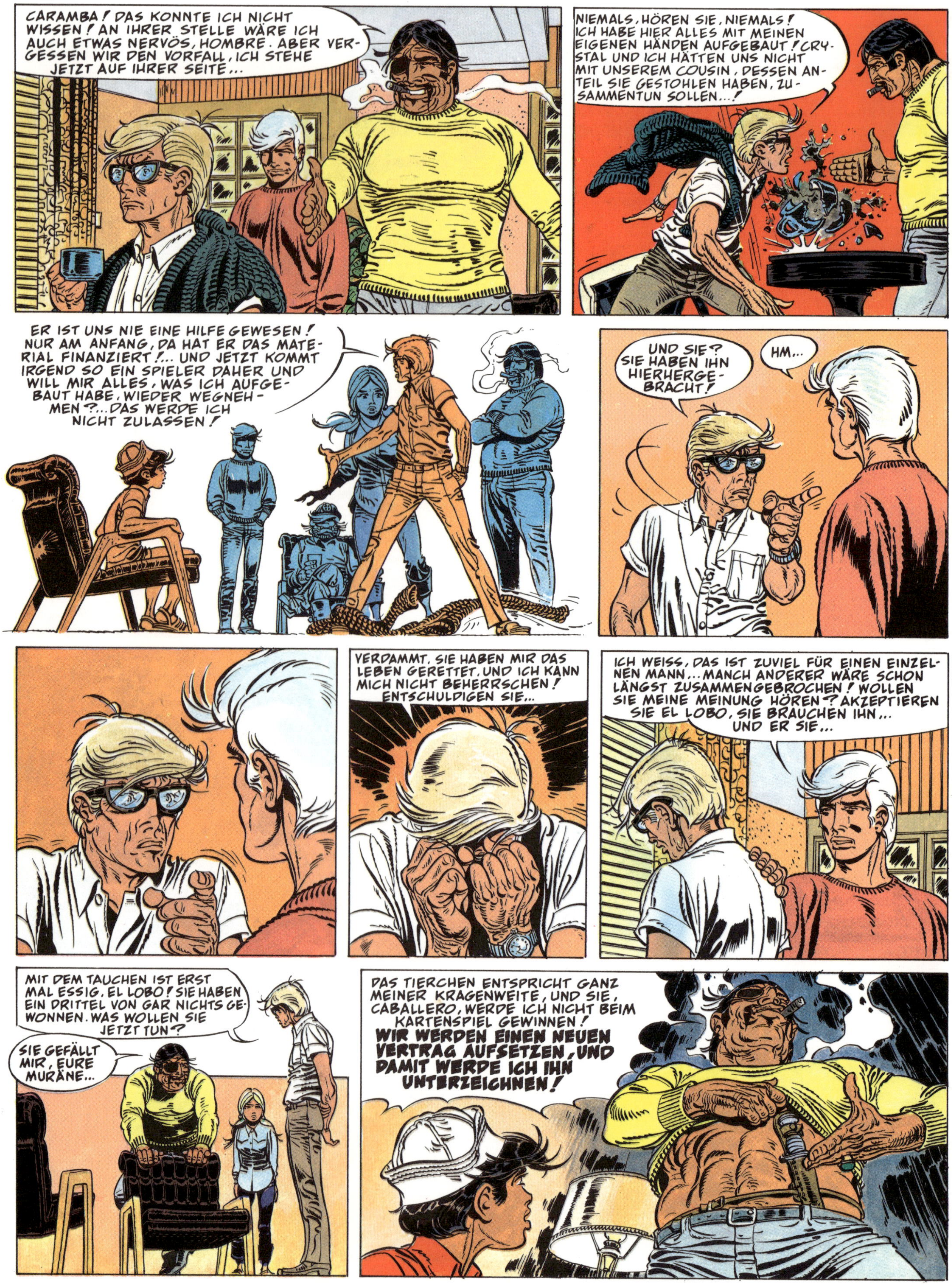
CARAMBA! DAS KONNTE ICH NICHT WISSEN! AN IHRER STELLE WÄRE ICH AUCH ETWAS NERVÖS, HOMBRE. ABER VERGESSEN WIR DEN VORFALL, ICH STEHE JETZT AUF IHRER SEITE...
NIEMALS, HÖREN SIE, NIEMALS! ICH HABE HIER ALLES MIT MEINEN EIGENEN HÄNDEN AUFGEBAUT! CRYSTAL UND ICH HÄTTEN UNS NICHT MIT UNSEREM COUSIN, DESSEN ANTEIL SIE GESTOHLEN HABEN, ZUSAMMENTUN SOLLEN...!
ER IST UNS NIE EINE HILFE GEWESEN! NUR AM ANFANG, DA HAT ER DAS MATERIAL FINANZIERT!... UND JETZT KOMMT IRGEND SO EIN SPIELER DAHER UND WILL MIR ALLES, WAS ICH AUFGEBAUT HABE, WIEDER WEGNEHMEN?...DAS WERDE ICH NICHT ZULASSEN!
UND SIE? SIE HABEN IHN HIERHERGEBRACHT!
HM...
VERDAMMT, SIE HABEN MIR DAS LEBEN GERETTET, UND ICH KANN MICH NICHT BEHERRSCHEN! ENTSCHULDIGEN SIE...
ICH WEISS, DAS IST ZUVIEL FÜR EINEN EINZELNEN MANN... MANCH ANDERER WÄRE SCHON LÄNGST ZUSAMMENGEBROCHEN! WOLLEN SIE MEINE MEINUNG HÖREN? AKZEPTIEREN SIE EL LOBO, SIE BRAUCHEN IHN... UND ER SIE...
MIT DEM TAUCHEN IST ERST MAL ESSIG, EL LOBO! SIE HABEN EIN DRITTEL VON GAR NICHTS GEWONNEN. WAS WOLLEN SIE JETZT TUN?
SIE GEFÄLLT MIR, EURE MURÄNE...
DAS TIERCHEN ENTSPRICHT GANZ MEINER KRAGENWEITE, UND SIE, CABALLERO, WERDE ICH NICHT BEIM KARTENSPIEL GEWINNEN!
WIR WERDEN EINEN NEUEN VERTRAG AUFSETZEN, UND DAMIT WERDE ICH IHN UNTERZEICHNEN!

WIE HÄTTEN SIE DEN FISCH DENN GERNE, LADY? MIT ODER OHNE GRÄTEN?
VERGESSEN SIE ES...!
DAS BIEST IST EIN KILLER! SIE HABEN KEINE CHANCE! MAN KANN SICH IHM UNMÖGLICH NÄHERN ...
DIE LADY HAT RECHT, EL LOBO...
...ZUMINDEST ZUM TEIL. UNTER WASSER IST SIE IN IHREM ELEMENT... ICH SCHÄTZE, DASS DIES HIER IHR REICH IST, STIMMT'S?
DAS IST EINE KARTE DER AUSTERNBÄNKE MIT ANGABEN DER WASSERTIEFE UND BODENBESCHAFFENHEIT... UND AN DIESEN PUNKTEN TAUCHTE DER „SCHWIMMENDE TOD" AUF...
IN DER NÄHE DIESES FELSBLOCKS ALSO...
DIESE BIESTER HALTEN SICH IN FELSHÖHLEN AUF, VON DENEN AUS SIE DANN AUF DIE JAGD GEHEN... WENN SIE SATT SIND, VERSTECKEN SIE SICH WIEDER DA DRIN... UND GENAU IN DIESEM MOMENT MÜSSEN WIR ZUSCHLAGEN!
EUER FEHLER WAR ES, SIE AUSSERHALB IHRER HÖHLE ANZUGREIFEN... DANN WAR SIE NÄMLICH HUNGRIG UND BESONDERS AGGRESSIV. EL LOBO HAT NATÜRLICH DARAN GEDACHT, SIE IN IHREM HEIM ZU BESUCHEN, UND DAMIT HAT ER VÖLLIG RECHT!
ABER SIE HABEN DOCH SELBST GESAGT...
DASS MAN SIE NICHT MIT EINEM NOCH SO EINDRUCKSVOLLEN MESSER ANGREIFEN DARF! ABER WIR WERDEN TROTZDEM NACH UNTEN TAUCHEN...
ZUERST MÜSSEN WIR SIE MÄSTEN, BIS SIE SICH NICHT MEHR RÜHREN KANN!... KULUAN, KANN MAN AUF DER ANDEREN SEITE DER INSEL FISCHEN?
OH, JA, KAPITÄN, ICH KANN IHNEN BRINGEN SO VIELE FISCHE, WIE SIE WOLLEN!
SEHR GUT. DER SCHWIMMENDE TOD SOLL SEIN LETZTES FESTESSEN GENIESSEN, UND DANN BEGEBEN WIR UNS ZU SEINER HÖHLE **UND SPRENGEN SIE MIT DEM BIEST IN DIE LUFT!**

GLAUBEN SIE WIRKLICH, DASS WIR EINE CHANCE HABEN?
WENN SIE ANDY MORGAN SO LANGE KENNEN WÜRDEN WIE ICH, WÜRDEN SIE DAS NICHT FRAGEN, MISTER, SONDERN DAS PROBLEM ALS GELÖST BETRACHTEN!
DEIN WORT IN NEPTUNS OHR!... ABER JETZT SOLLTEN WIR UNS ETWAS ENTSPANNEN, ES WAR EIN HARTER TAG...
DARF ICH INS DORF, LADY BOSS? ODER SIE MICH NOCH BRAUCHEN?
DANKE, KULUAN, UND GUTE NACHT. UND SAGE NICHTS ZU DEINEN FREUNDEN, DENN ICH WILL IHNEN KEINE VERFRÜHTEN HOFFNUNGEN MACHEN...
MACHEN! RAAAA!
HAST DU DAS GEHÖRT, FEUERFEDER?
WIR WERDEN SEHR VIEL ZU ERZÄHLEN HABEN!
...UND ALS DIE UNFÄLLE ANFINGEN, BLIEB KULUAN UNS ALS EINZIGER TREU. DIE FURCHT DER ANDEREN HAT SICH SCHNELL IN FEINDSELIGKEIT VERWANDELT...
WENN DIE BESTIE TOT IST, MÜSSEN WIR DIE TAUCHER DAVON ÜBERZEUGEN, DASS DIE GEFAHR VORBEI IST, UND DAZU HABEN WIR NUR EINE MÖGLICHKEIT: WIR WERDEN SELBST NACH PERLEN TAUCHEN!
DU BIST SCHON ZURÜCK, KULUAN?
ICH HABE WICHTIGE NEUIGKEITEN...
DIE FREMDEN SIND KLÜGER ALS DIE BEIDEN ANDEREN, HÄUPTLING! SIE HABEN EINEN PLAN, WIE SIE DIE MURÄNE TÖTEN KÖNNEN... UND DANN FANGEN DIE MÄNNER WIEDER MIT DER ARBEIT AN...
ABER SIE WISSEN NICHT, KULUAN, DASS DER SCHWIMMENDE TOD VERBÜNDETE HAT!... UND WIR WERDEN DAFÜR SORGEN, DASS DIE MURÄNE DEN KAMPF GEWINNT! HA! HA! HA!

HERVORRAGEND, DAS ESSEN HIER!... ICH GLAUBE, DASS ICH HIER MEIN PARADIES GEFUNDEN HABE!
JA, ABER DU MUSST ES DIR IM SCHWEISSE DEINES ANGESICHTS ERST VERDIENEN...
DAZU MUSST DU DICH VORHER NOCH EINER MENSCHENFRESSENDEN BESTIE ENTLEDIGEN UND ANSCHLIESSEND JEDEN TAG SECHS STUNDEN LANG INS WASSER SPRINGEN UND PERLEN SUCHEN! ICH FÜR MEIN TEIL WÜRDE MIR DAS PARADIES DOCH ETWAS BEQUEMER VORSTELLEN!
WENN DU LANGE GENUG IN DEN KARGEN BERGEN MEINER HEIMAT GELEBT HÄTTEST, FÄNDEST DU DAS GAR NICHT SO ÜBEL... HE, WARUM ZIEHST DU ZUM SCHLAFEN DEINE STIEFEL AN?
ICH BIN NICHT MÜDE...
...SONDERN NERVÖS. IMMER, WENN EIN UNWETTER DROHT, VERKNOTEN SICH MEINE NERVEN... UND DIESE NACHT IST MIR EINFACH ZU RUHIG! ICH HAB' DAS GEFÜHL, DASS ETWAS IN DER LUFT LIEGT!
ICH GEHE NOCH EIN PAAR SCHRITTE AM STRAND!
HE!
WENN DEINE KNOCHEN DIR EIN UNWETTER ANKÜNDIGEN, AMIGO, SOLLTEST DU...
...DICH DAGEGEN SCHÜTZEN!
PAH!
DAS IST DER EINE!
EINER VON DEN BÖSEN MÄNNERN, DIE UNS TROTZ DES SCHWIMMENDEN TODES ZUM TAUCHEN ZWINGEN WOLLEN!

VERDAMMT, EL LOBO HAT RECHT... DIESER STRAND SIEHT SO FRIEDLICH AUS WIE IN EINEM KIT-SCHIGEN FILM... ICH UND MEINE VORAHNUNGEN!... HA!
LIEGT WAHRSCHEINLICH DARAN, DASS ICH MICH ZU LANGE IN TRÜBEN GEGENDEN AUF-GEHALTEN HABE... MAN VERGISST, DASS ES AUF DIESER ERDE NOCH MANCHES NETTE FLECKCHEN GIBT...
DAS MEER, DER MOND, DIE NETZE...WIE AUF EINER POST-KARTE...
ROSA MUSCHELN!...UND ICH DACHTE, DIE KÖNNTE MAN NUR IN ANDENKENLÄDEN KAUFEN...
KILLE, KILLE, KILLE... ZEIG MIR MAL DEIN SÜSSES SCHNÄUZCHEN...
!
BEI NEPTUNS BART!
NIE WIEDER WERDE ICH AUF DEN VOLLMOND SCHIMPFEN! HÄTT' ICH SEINEN SCHATTEN NICHT GESEHEN...
...HÄTTE ER GARANTIERT MIR WAS ÜBERGEZOGEN...!

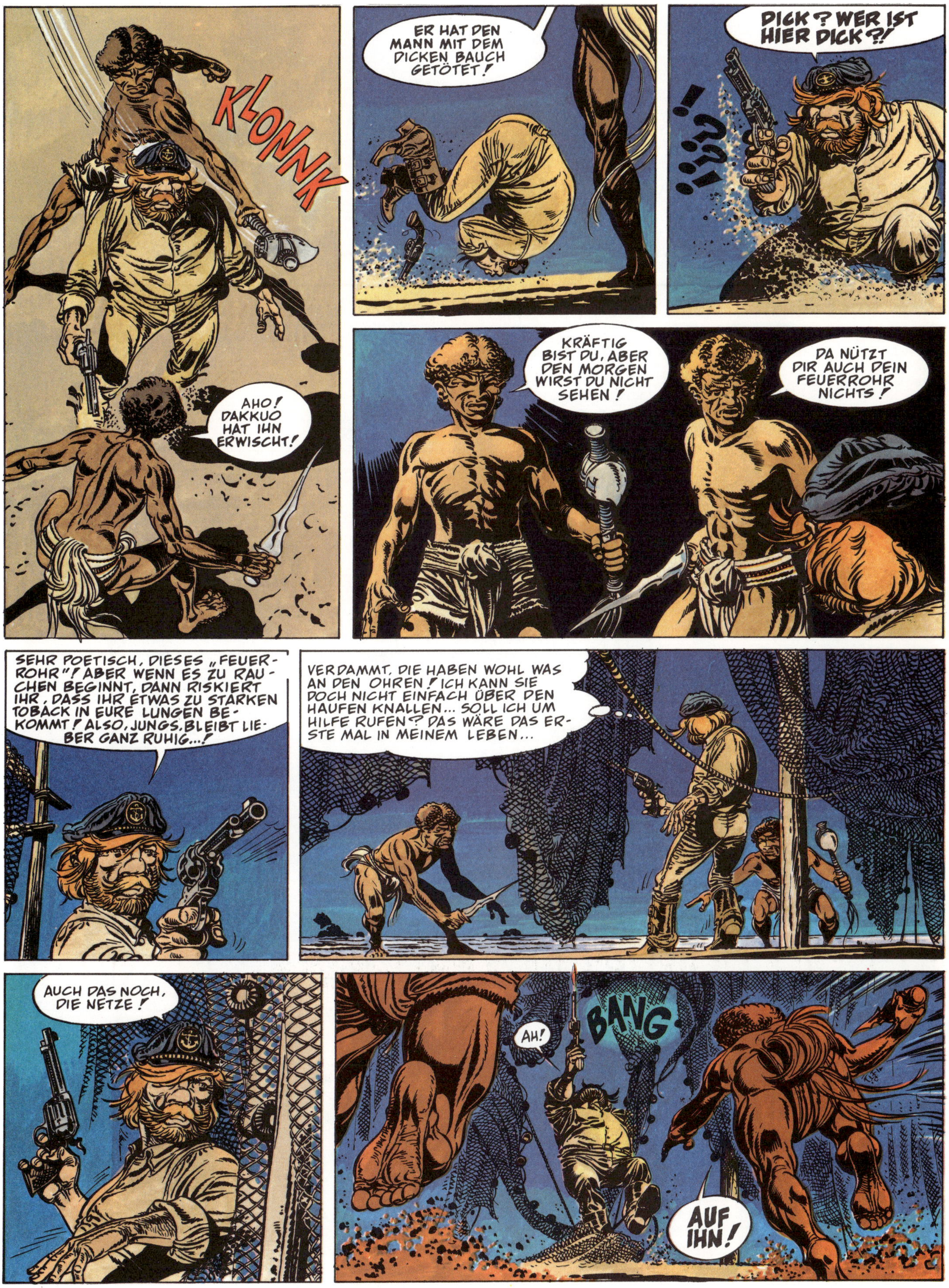
KLONNK
AHO! DAKKUO HAT IHN ERWISCHT!
ER HAT DEN MANN MIT DEM DICKEN BAUCH GETÖTET!
DICK? WER IST HIER DICK?!
!???!
KRÄFTIG BIST DU, ABER DEN MORGEN WIRST DU NICHT SEHEN!
DA NÜTZT DIR AUCH DEIN FEUERROHR NICHTS!
SEHR POETISCH, DIESES „FEUERROHR"! ABER WENN ES ZU RAUCHEN BEGINNT, DANN RISKIERT IHR, DASS IHR ETWAS ZU STARKEN TOBACK IN EURE LUNGEN BEKOMMT! ALSO, JUNGS, BLEIBT LIEBER GANZ RUHIG...!
VERDAMMT, DIE HABEN WOHL WAS AN DEN OHREN! ICH KANN SIE DOCH NICHT EINFACH ÜBER DEN HAUFEN KNALLEN... SOLL ICH UM HILFE RUFEN? DAS WÄRE DAS ERSTE MAL IN MEINEM LEBEN...
AUCH DAS NOCH, DIE NETZE!
BANG
AH!
AUF IHN!

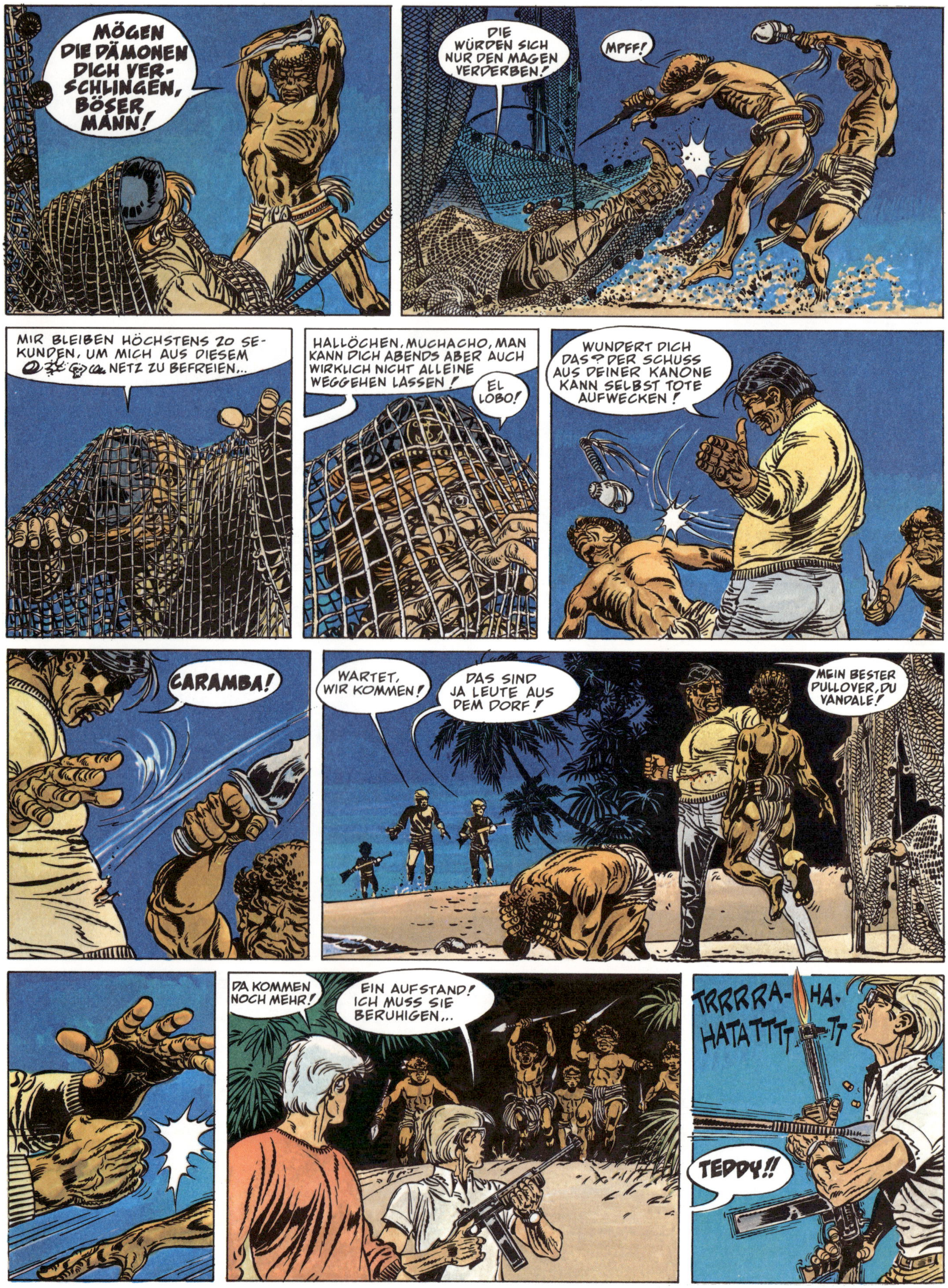
MÖGEN DIE DÄMONEN DICH VERSCHLINGEN, BÖSER MANN!
DIE WÜRDEN SICH NUR DEN MAGEN VERDERBEN!
MPFF!
MIR BLEIBEN HÖCHSTENS 20 SEKUNDEN, UM MICH AUS DIESEM NETZ ZU BEFREIEN...
HALLÖCHEN, MUCHACHO, MAN KANN DICH ABENDS ABER AUCH WIRKLICH NICHT ALLEINE WEGGEHEN LASSEN!
EL LOBO!
WUNDERT DICH DAS? DER SCHUSS AUS DEINER KANONE KANN SELBST TOTE AUFWECKEN!
CARAMBA!
WARTET, WIR KOMMEN!
DAS SIND JA LEUTE AUS DEM DORF!
MEIN BESTER PULLOVER, DU VANDALE!
DA KOMMEN NOCH MEHR!
EIN AUFSTAND! ICH MUSS SIE BERUHIGEN...
TRRRRA-HA-HATATTTT-TT
TEDDY!!

NICHT SCHIESSEN, VERDAMMT NOCH MAL!
A... ABER SIE WOLLEN UNS MASSAKRIEREN...!
TÖTET SIE!
LOBO! SCHNELL, DIE NETZE!
VERSTANDEN, GRINGO! EINE GUTE IDEE!
UFFFF!
HÄNDE ÜBER DEN KOPF! ...KEINE BEWEGUNG!
DIESE MÖRDER! MAN SOLLTE ES IHNEN HEIMZAHLEN...
DAS REICHT, BARNEY! DIESE ARMEN TEUFEL SIND DURCH LÜGEN GEGEN UNS AUFGEHETZT WORDEN, UND IHRE WILDHEIT IST NICHTS ANDERES ALS DIE KEHRSEITE IHRER ANGST!
SCHLUSS JETZT, BEVOR ES WEITERE OPFER GIBT!

BUENO... AUF EINMAL SIND SIE BRAV UND FRIEDLICH WIE KLEINE LÄMMCHEN!
ANDY HAT RECHT! JEMAND HAT SIE AUFGEHETZT, UND JETZT SIND SIE VÖLLIG HILFLOS!
FÜR TEDDY KOMMT ALLERDINGS JEDE HILFE ZU SPÄT!
ALLES NUR MEINE SCHULD! WENN ICH NICHT MEHR AN DEN STRAND GEGANGEN WÄRE...
DANN WÄRE DAS GLEICHE PASSIERT, NUR SPÄTER... SCHICKSAL, AMIGO!
ÄH, CRYSTAL...
...TEDDY... ES TUT MIR LEID... ALLES GING SO SCHNELL...
ICH WEISS.
ES MUSSTE SO KOMMEN. IM GRUNDE HABE ICH ES IMMER GEWUSST... SEIT WIR AUF DIESE VERDAMMTE INSEL KAMEN. DIE PERLEN HABEN UNS BISHER NUR UNGLÜCK GEBRACHT. UND JETZT...
KÜMMERT IHR EUCH UM ALLES ANDERE... UND ENTSCHULDIGT MICH BITTE...

OKAY, MEHR KÖNNEN WIR FÜR IHN NICHT TUN!
ICH HABE MIT DEN LEUTEN AUS DEM DORF GEREDET... SIE WAREN BETRUNKEN...
LALLOTUO, IHR HÄUPTLING, HAT UNS ALS SKLAVENHALTER DARGESTELLT... UND IN VERBINDUNG MIT DEM KOKOSSCHNAPS HATTEN SIE NICHTS ANDERES IM SINN, ALS UNS UMZUBRINGEN!
ALSO IST LALLOTUO DER WAHRE MÖRDER! ICH WÜRDE GERNE ZU IHM GEHEN, UM EIN PAAR TAKTE MIT IHM ZU REDEN...
UND EIN NEUES BLUTBAD ANRICHTEN?! NEIN, DAS ALLES HIER HAT SCHON VIEL ZU LANGE GEDAUERT...
HANDELN WIR LIEBER IN TEDDYS SINNE UND TÖTEN WIR DIE MURÄNE, DAMIT DIESE INSEL WIEDER EIN BEWOHNBARER ORT WIRD...
AH, DA KOMMT KULUAN MIT DEN FISCHEN...
DAS FUTTER FÜR DEN SCHWIMMENDEN TOD, KAPITÄN... GANZ SO, WIE VON DIR GEWÜNSCHT.
GUT. WERFEN WIR ES AM KORALLENRIFF INS WASSER UND WARTEN WIR EINE STUNDE...
DAS MONSTER WIRD SICH DEN WANST VOLLSCHLAGEN UND SICH DANN AUSRUHEN!... ALI, HOLE FÜR EL LOBO UND MICH DIE SAUERSTOFFFLASCHEN VOM BOOT...

UND WENN DAS BIEST DEN KÖDER NICHT SCHLUCKT?
DAS WÜRDE MICH WUNDERN... DIESES UNTIER STÜRZT SICH AUF ALLES, WAS FRESSBAR IST!
AUSSERDEM IST DAS MEER AUF UNSERER SEITE UND STÜRMISCHER ALS GESTERN! BEI DIESEM WETTER KANN ES DIE TOTEN FISCHE NICHT VON LEBENDIGEN UNTERSCHEIDEN...
RIECHT NICHT GUT, DER FISCH, DEN MAN HIER ANGELT! WÜRDE ICH NICHT ESSEN...!
DAS KOMMEN VON ALGEN, KAPITÄN EINAUGE, ABER TROTZDEM FISCHE SCHMECKEN SEHR GUT...
SIE SOLLTEN SICH AUSRUHEN, CRYSTAL... SIE SEHEN GANZ BLASS AUS.
SPÄTER, ALI, SPÄTER, WENN ALLES VORBEI IST. ICH WILL SEHEN, WIE DAS WERK MEINES BRUDERS VOLLENDET WIRD!
ER WOLLTE, DASS DER FRIEDE AUF DIESE INSEL ZURÜCKKEHRT... OHNE JEDEN STREIT MIT ANDEREN...
ABER... WAS HAST DU?
VORSICHT...!
SO WAS! DIE GANZE WELT SCHEINT PLÖTZLICH DEN VERSTAND ZU VERLIEREN...
GROSSER GOTT!!! WIR MÜSSEN ANDY WARNEN! KULUAN HAT IHN IN EINE BÖSE FALLE GELOCKT!

EINE FALLE? WAS MEINST DU DAMIT?
ÜBERLEGEN SIE MAL, WIE IHRE KATZE GERADE REAGIERT HAT!... VOLLER AGGRESSIVITÄT UND WILDHEIT! DER FISCH MUSS HOCHGIFTIG SEIN...
ANSTATT SIE EINZUSCHLÄFERN, WERDEN DIE FISCHE DIE MURÄNE NOCH GEFÄHRLICHER MACHEN! ICH WETTE, DASS IHR HAUSDIENER KULUAN DIESEN PLAN AUSGEHECKT HAT!
KULUAN? ER?...UNMÖGLICH!
SIE DÜRFEN AUF KEINEN FALL TAUCHEN!
ALI! VORS...
MMFF...
DAS IST EIN ABGEKARTETES SPIEL! ANDY, ZU HIL...
UGH!
WIR HABEN GETAN, WIE BEFOHLEN, O LALLOTUO... DIE HIER WERDEN DIE BESTRAFUNG DER FREMDEN NICHT VERHINDERN!
SEHR GUT! NACH DIESEM OPFER WIRD DER SCHWIMMENDE TOD VON UNS ZIEHEN, UND ICH WERDE EUCH WIEDER WIE FRÜHER REGIEREN!
WO BLEIBT ALI NUR? DIE ZEIT DRÄNGT!
ICH WERDE IHM ENTGEGENGEHEN UND TRAGEN HELFEN! DANN KÖNNT IHR EHER TAUCHEN!

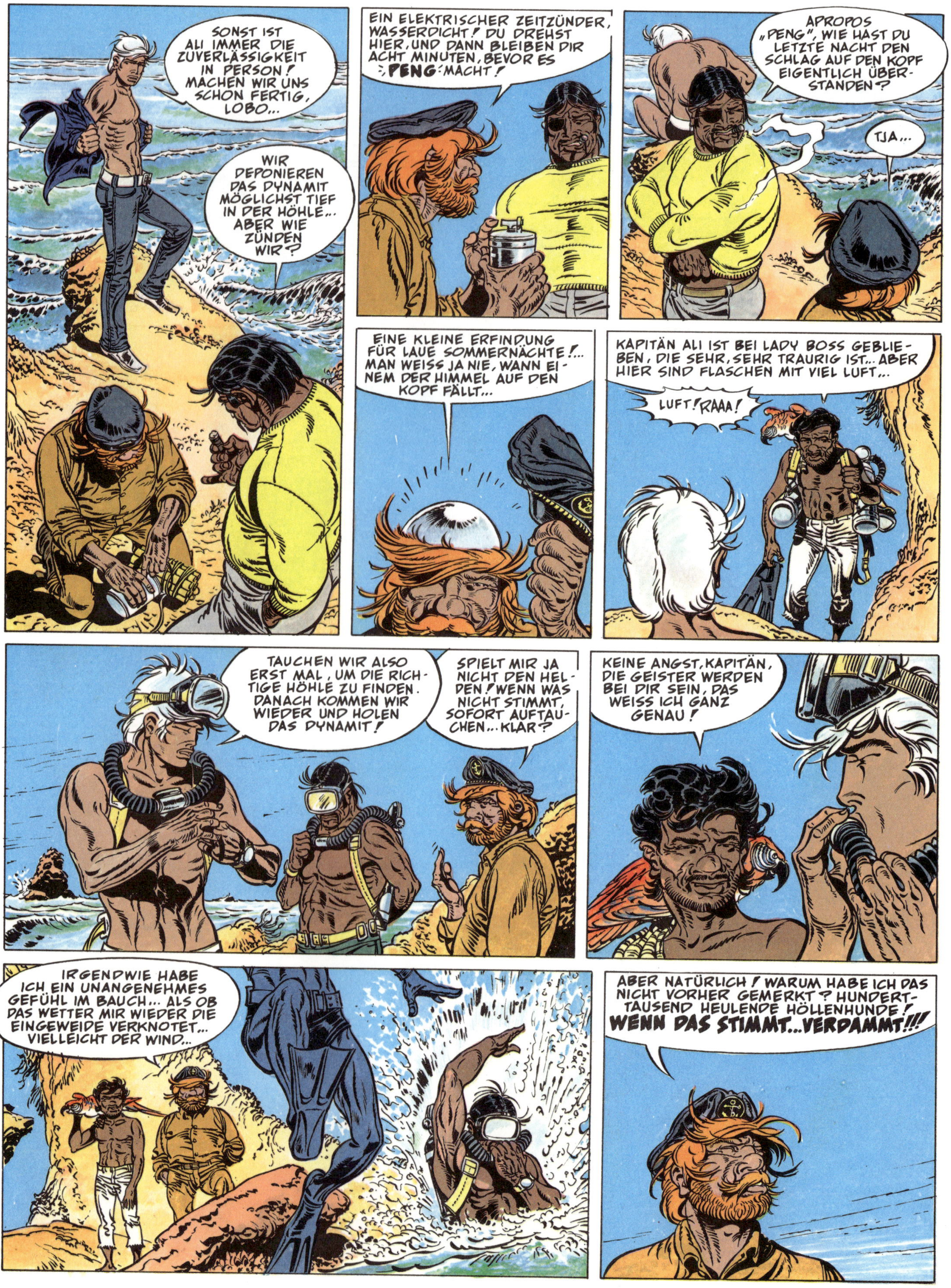
SONST IST ALI IMMER DIE ZUVERLÄSSIGKEIT IN PERSON! MACHEN WIR UNS SCHON FERTIG, LOBO...
WIR DEPONIEREN DAS DYNAMIT MÖGLICHST TIEF IN DER HÖHLE... ABER WIE ZÜNDEN WIR?
EIN ELEKTRISCHER ZEITZÜNDER, WASSERDICHT! DU DREHST HIER, UND DANN BLEIBEN DIR ACHT MINUTEN, BEVOR ES PENG MACHT!
APROPOS „PENG", WIE HAST DU LETZTE NACHT DEN SCHLAG AUF DEN KOPF EIGENTLICH ÜBERSTANDEN?
TJA...
EINE KLEINE ERFINDUNG FÜR LAUE SOMMERNÄCHTE!... MAN WEISS JA NIE, WANN EINEM DER HIMMEL AUF DEN KOPF FÄLLT...
KAPITÄN ALI IST BEI LADY BOSS GEBLIEBEN, DIE SEHR, SEHR TRAURIG IST... ABER HIER SIND FLASCHEN MIT VIEL LUFT...
LUFT! RAAA!
TAUCHEN WIR ALSO ERST MAL, UM DIE RICHTIGE HÖHLE ZU FINDEN. DANACH KOMMEN WIR WIEDER UND HOLEN DAS DYNAMIT!
SPIELT MIR JA NICHT DEN HELDEN! WENN WAS NICHT STIMMT, SOFORT AUFTAUCHEN... KLAR?
KEINE ANGST, KAPITÄN, DIE GEISTER WERDEN BEI DIR SEIN, DAS WEISS ICH GANZ GENAU!
IRGENDWIE HABE ICH EIN UNANGENEHMES GEFÜHL IM BAUCH... ALS OB DAS WETTER MIR WIEDER DIE EINGEWEIDE VERKNOTET... VIELLEICHT DER WIND...
ABER NATÜRLICH! WARUM HABE ICH DAS NICHT VORHER GEMERKT? HUNDERTTAUSEND HEULENDE HÖLLENHUNDE! WENN DAS STIMMT...VERDAMMT!!!

ZU KLEIN ...
HM, DORT VIELLEICHT! DIESE SPALTE KÖNNTE GROSS GENUG FÜR SIE SEIN...

TEUFEL AUCH, DAS ALSO IST DIESE BLUTRÜNSTIGE FURIE, DIE DIE TAUCHER AUF DEM GEWISSEN HAT!
ABER... WARUM SCHLÄFT SIE NICHT? STATT DESSEN IST SIE NOCH AGGRESSIVER ALS SONST!... WIR DÜRFEN AUF KEINEN FALL IN IHRE NÄHE KOMMEN!
SIE HAT ANDY ENTDECKT!... WENN ICH NICHT EINGREIFE, WIRD SIE IHN UMBRINGEN!
SCHADEN TUT'S IHR NICHT, ABER VIELLEICHT...
...LENKT ES SIE FÜR DREI SEKUNDEN AB!
DAS WAR KNAPP!
TROTZDEM, IHR WILDES VERHALTEN IST MIR ABSOLUT UNERKLÄRLICH!
DAS WÄR'S DANN! EINGEQUETSCHT WIE EINE SARDINE IN DER BÜCHSE, UND WÄHREND DIESES MONSTER STUNDENLANG WARTEN KANN, REICHT MEIN SAUERSTOFF GERADE NOCH FÜR DREISSIG MINUTEN! MEIN LIEBER ANDY, DIESMAL BIST DU WOHL ETWAS ZU MUTIG GEWESEN!!

UFF! MEINE OHREN! BIN ZU SCHNELL AUFGETAUCHT! GLEICH PLATZT MIR DER SCHÄDEL!
M... MUSS DURCHHALTEN UND ANDY DA RAUSHOLEN! CARAMBA, WAS SIND DAS FÜR WELLEN?
VERDAMMT, DAS IST JA EIN AUSGEWACHSENER STURM! WO KOMMT DER DENN NUR SO PLÖTZLICH HER...?
UND DIE ANDEREN? WAS MACHEN DIE BLOSS? ALI, BARNEY, WO SEID IHR DENN?
HE, BARNEY, WO STECKST DU?
DU BIST'S! WAS FÜR EIN GLÜCK, DASS IHR'S GESCHAFFT HABT, WIEDER NACH OBEN ZU KOMMEN...!
EIN TAIFUN, ALTER! ICH HAB' MIT TAGO-TAGO GESPROCHEN... DER STURM HAT DIE WETTERFRÖSCHE AUS HEITEREM HIMMEL ÜBERRASCHT! ZEHN METER HOHE WELLEN, EIN WIND, DER ALLES WEGFETZT... UND DAS IST ERST DER ANFANG! WIR SIND VERLOREN!

WIR MÜSSEN ZUERST DIE „CORMORAN" AUF DIE LEESEITE DER INSEL SCHAFFEN...
MOMENT MAL!
ANDY IST DORT UNTEN NOCH IN EINEN SPALT EINGEZWÄNGT! DAS MONSTER WARTET NUR DARAUF, IHN ZUM NACHTISCH ZU VERSPEISEN... UND SEIN SAUERSTOFF REICHT NICHT MEHR LANGE!
WAS?!
DAS DARF NICHT WAHR SEIN! IMMER MUSS ALLES GLEICHZEITIG PASSIEREN!
DAS VIECH MUSS IRGENDWIE AUFGEPUTSCHT SEIN. ES WÜRDE SICH SOGAR AUF EIN U-BOOT STÜRZEN! CARAMBA, BARNEY, DAS WAR EINE FALLE!
ALLES ODER NICHTS! UNS BLEIBEN HÖCHSTENS 10 MINUTEN, BIS DER STURM DIE „CORMORAN" AUF DIE KLIPPEN WIRFT...!
DIESES MASCHINCHEN WAR FÜR DIE RETTUNG SCHIFFBRÜCHIGER VOR HAIEN GEDACHT... ICH HAB'S DANN BEISEITE GELEGT... ZU GEFÄHRLICH!
WAS IST DAS?
EINE HARPUNE MIT EINEM SÄUREFLÄSCHCHEN! WENN DU TRIFFST, IST ES GUT! WENN NICHT, BIST DU VERLOREN! LOS GEHT'S, TAUSEND TEUFEL!
VERDAMMT! ...KANN KAUM... NOCH ATMEN... EIN SCHNELLES ENDE... ICH... ICH...

BEI ALLEN DÄMONEN! DER EINÄUGIGE RIESE UND DER ROTE EISENSCHÄDEL SIND WIEDER GETAUCHT!
SIE GEHEN IN DEN TOD!
DER ATEM DER MEERGÖTTER WIRD HEISSER, UND DER SAND AM STRAND FLIEHT AUCH SCHON... SOGAR FEUERFEDER ZITTERT VOR FURCHT... DER ZORN DER GÖTTER WIRD ÜBER UNSERE INSEL HEREINBRECHEN, O HÄUPTLING!
UNSINN! EIN KLEINER STURM, MEHR NICHT! ICH DACHTE, ICH HÄTTE DICH GELEHRT, DIESEM ALTWEIBERGESCHWÄTZ KEINEN GLAUBEN MEHR ZU SCHENKEN!
WENN DU MEINE RECHTE HAND BLEIBEN WILLST, SOBALD ICH WIEDER AN DER MACHT BIN, MUSST DU SCHON MEHR MUT AN DEN TAG LEGEN! BEDENKE, DASS WIR EINEN GANZEN STAMM VON DUMMKÖPFEN BEEINDRUCKEN MÜSSEN! UNSER REICHTUM HÄNGT DAVON AB!
JA, MEISTER... ABER DER STURM SCHEINT HEFTIGER ALS GEWÖHNLICH...
GENUG, DU FEIGLING! GEHORCHE UND SEI STILL!
STILL! RAAAA!
ABER?... DIESES BIEST IST VON SINNEN!
HIERHER, FEUERFEDER!
NNNEIIIN! AAAAAHHHH
DIESER SCHREI... DA WIRD JEMAND GETÖTET...
DAS WAR KEINER VON UNS... UND ICH GLAUBE, DASS WIR SELBST BALD SCHLIMMERE SORGEN HABEN WERDEN... DER WIND IST IN DEN LETZTEN MINUTEN DOPPELT SO STARK GEWORDEN, UND DIE GANZE INSEL BEBT UNTER DEM STURM!

ES HILFT NICHTS... LIEBER STERBE ICH IM KAMPF MIT DEM MONSTER, ALS HIER ZU VERRECKEN!
OH, NEIN! LOBO! BARNEY! SIE HABEN KEINE CHANCE!
WIR MÜSSEN UNS SPUTEN... DER STURM BEGINNT DAS WASSER AUFZUWÜHLEN, UND DA FÜR LOBO KEINE SAUERSTOFFFLASCHE MEHR ÜBRIG WAR...
JE ÖFTER ICH DIESER SARDINE BEGEGNE, UM SO HÄSSLICHER WIRD SIE!
ELENDER VIELFRASS!... SUCHST DIR BESTIMMT DEN GRÖSSEREN AUS!
TAUSEND TEUFEL! DAS HAB' ICH GLATT VERGESSEN! DA KRIEGT LOBO JA AUCH DIE SÄURE AB!
DIESER MORGAN! DER GUTE DENKT AUCH IMMER MIT!
VERDAMMT NOCH MAL, JETZT ODER NIE! JETZT SEID IHR AM ZUG... ICH HAB' GETAN, WAS ICH KONNTE!

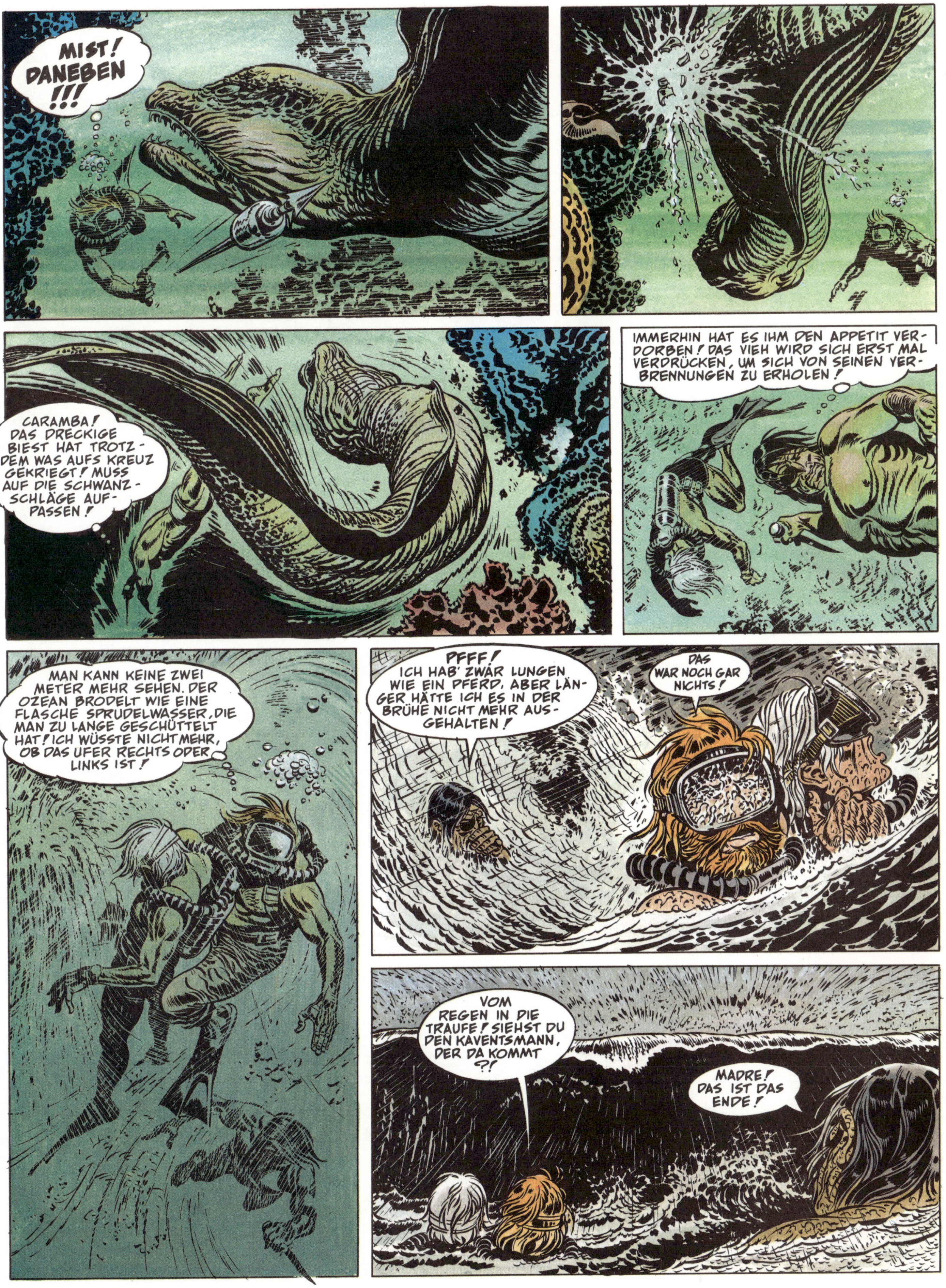

MIST! DANEBEN !!!
CARAMBA! DAS DRECKIGE BIEST HAT TROTZ-DEM WAS AUFS KREUZ GEKRIEGT! MUSS AUF DIE SCHWANZ-SCHLÄGE AUF-PASSEN!
IMMERHIN HAT ES IHM DEN APPETIT VER-DORBEN! DAS VIEH WIRD SICH ERST MAL VERDRÜCKEN, UM SICH VON SEINEN VER-BRENNUNGEN ZU ERHOLEN!
MAN KANN KEINE ZWEI METER MEHR SEHEN. DER OZEAN BRODELT WIE EINE FLASCHE SPRUDELWASSER, DIE MAN ZU LANGE GESCHÜTTELT HAT! ICH WÜSSTE NICHT MEHR, OB DAS UFER RECHTS ODER LINKS IST!
PFFF! ICH HAB' ZWAR LUNGEN WIE EIN PFERD, ABER LÄN-GER HÄTTE ICH ES IN DER BRÜHE NICHT MEHR AUS-GEHALTEN!
DAS WAR NOCH GAR NICHTS!
VOM REGEN IN DIE TRAUFE! SIEHST DU DEN KAVENTSMANN, DER DA KOMMT ?!
MADRE! DAS IST DAS ENDE!

MIT EINEM GELLENDEN KREISCHEN TOBT DER TAIFUN MIT WILDER GEWALT ÜBER DIE PERLENINSEL. DIE WELT SCHEINT IN EINEM INFERNO VON LÄRM, PANIK UND ZERSTÖRUNG ZU VERSINKEN...
KULUAN, HILF MIR! DEIN TEUFELSVOGEL HAT MIR DIE AUGEN AUSGEHACKT!
DIE RACHE! DAS IST DIE RACHE DER DÄMONEN...!
AAAAH!
ALI! ICH.. ICH KANN NICHT MEHR... KRIEG KEINE LUFT...
FEIGLINGE! SIE HAUEN EINFACH AB...

DIE WUT DES TAIFUNS SCHEINT KEIN ENDE ZU NEHMEN. GNADENLOS ZERSTÖRT DIE NATUR, WAS DER HOCHMUT DES MENSCHEN GESCHAFFEN HAT UND...
...STÜRZT SICH AUF ALLES...
...UND JEDEN!
KÄMPFEN IST ZWECKLOS... LIEBER STERBEN! EGAL WO!... NUR SCHLUSS...
EGAL WO?... ALLE TEUFEL DER SIEBEN MEERE...
ABER... ICH BIN JA IM HAUS GELANDET!... DAS WASSER HAT MICH WIE EINEN KORK HIERHERGESCHLEUDERT... IN SICHERHEIT! EINE FREIFAHRT INS GLÜCK...
KOMISCHES GEFÜHL, WIEDER ATMEN ZU KÖNNEN!... ES ZERREISST EINEM FAST DIE LUNGEN! ...WENN NUR DAS SCHLIMMSTE SCHON VORBEI WÄRE... UND DER STURM ENDLICH NACHLIESSE...
JA... ER LÄSST NACH... ABER DIE ANDEREN??... HABE ICH ETWA ALS EINZIGER DIESES GEMETZEL HEIL ÜBERSTANDEN?

ALLEIN... DER EINZIGE ÜBERLEBENDE... UNMÖGLICH!...
DER WIND LEGT SICH... ICH KANN WIEDER STEHEN... SEILE, GERÄTE! ICH MUSS LOSGEHEN UND MEINE KUMPEL SUCHEN...!
HALT, NICHTS ÜBERSTÜRZEN! ERST MAL TROCKENE KLAMOTTEN... EINE LUNGENENTZÜNDUNG KANN ICH JETZT WAHRLICH NICHT GEBRAUCHEN!
VIELLEICHT BIN ICH DIE LETZTE RETTUNG FÜR IRGEND JEMANDEN...
SO ALSO SIEHT ES AUS, DAS ENDE DER WELT! NICHTS STEHT MEHR AN SEINEM PLATZ!... WÜST UND LEER!
KULUAN... UND WAHRSCHEINLICH SEIN CHEF... WENN ER ES WAR, DER DIE PERLENFISCHER AUFGEHETZT HAT, KONNTE ER SICH NICHT LANGE AN SEINER RACHE FREUEN... DAS NENNT MAN WOHL AUSGLEICHENDE GERECHTIGKEIT... VORAUSGESETZT, DASS SIE NICHT UNTERSCHIEDSLOS ALLE WELT GESTRAFT HAT...
NEIN! ABER WENN DU WEITER SO WIE EINE ALTE KLATSCHBASE SABBELST, WIRD ES NOCH SOWEIT KOMMEN, DU PFEIFE!

LOBO! ANDY!
RAFF DICH AUF, MEIN KLEINER, SONST KRIEG' ICH NOCH EINEN HEXENSCHUSS!
EIN MESSER! SCHNELL! EIN MESSER!
DIESE WURZELN SIND WIE FANGARME!...DER TAIFUN HAT UNS MIT DEN ÜBRIGEN TRÜMMERN AN DIESES LAUSCHIGE PLÄTZCHEN GEWIRBELT!
KÖNNTET IHR EURE KONVERSATION ABKÜRZEN, CARAMBA!? ICH WERDE LANGSAM WIE EIN PFLOCK IN DIE ERDE GERAMMT!
HIER GEHT'S RAUS!
NIMM MICH INS SCHLEPPTAU! MEINE KNÖCHEL HALTEN DAS NICHT MEHR LANGE AUS!
OKAY, HERKULES, LASS LOS!
MOMENT, WIR MÜSSEN ERST DEN STAMM ABSTÜTZEN! SONST...
NICHT NÖTIG! ICH HAB'S EILIG!

CARAMBA! UND DA SOLL ES FORSCHER GEBEN, DIE TEURE BOMBEN ERFINDEN, ANSTATT ALLES DER NATUR ZU ÜBERLASSEN!
UND ALI?... CRYSTAL?
WEISS NICHT...
HIER DRÜBEN HABE ICH SCHON GESUCHT ...DORT LIEGEN NUR KULUAN UND SEIN KUMPEL... ZERSCHMETTERT!
HM...
KULUAN... ER HAT UNS ALLE BETROGEN. UND DER ANDERE MÜSSTE DER BERÜCHTIGTE LALLOTUO SEIN... DER TAIFUN HAT SEIN URTEIL GEFÄLLT...
EIN BLINDER TAIFUN ALS RICHTER? HAT ER NICHT AUCH EIN KIND UND EINE FRAU ZERBROCHEN WIE DIESE ÄSTE? NAIVE VORSTELLUNG VON GERECHTIGKEIT!
FALLS SIE NOCH LEBEN, MÜSSTEN SIE IRGENDWO HIER SEIN!
OHA! EINER DER VERRÜCKTEN!
HE, WAS HAT DIESES SCHAUSPIEL ZU BEDEUTEN?
ER DENKT, DASS ER DEN TOD VERDIENT, WEIL ER UND SEINE FREUNDE SICH WIE IDIOTEN BENOMMEN HABEN!
GUT, DA ER DARAUF BESTEHT...
WARTE, DA IST NOCH WAS...
SCHAUEN WIR MAL...
NOCH SO EIN TRICK, UND ICH ERWÜRGE DEN GANZEN STAMM!
NEIN! SEHT DOCH!!

EIN WUNDER! KEIN BRUCH, NICHTS. NUR EIN PAAR MUSKELN GEQUETSCHT, SOWEIT ICH FÜHLEN KANN...
DASS SIE AN DEN BAUM GEBUNDEN WAREN, HAT SIE GERETTET... WIEDER SO EINE UNTAT VON KULUANS BANDE, DIE SICH ZUM GLÜCK IN IHR GEGENTEIL VERKEHRT HAT...
PAH! MACH DIESE LEUTE NICHT SCHLECHTER, ALS SIE SIND! DU SIEHST DOCH, WIE SIE SICH UM UNS BEMÜHEN!
WIRKLICH? NA GUT, AN GELEGENHEITEN DAZU SOLL'S NICHT FEHLEN! AN DIE ARBEIT!...
UND DEIN FUSS?
OH, LASS NUR! ICH GEWÖHNE MICH LANGSAM DARAN! JEDESMAL, WENN WIR MIT DER „CORMORAN" VOR ANKER GEHEN, GIBT ES DEN GLEICHEN TANZ! MAN KÖNNTE FAST MEINEN, ES WÄRE UNSER SCHICKSAL!
APROPOS „CORMORAN". WIR MÜSSEN SIE WIEDER FLOTT MACHEN... DER STURM WIRD SIE GANZ SCHÖN DURCHGESCHÜTTELT HABEN. ABER SIE WIRD WIEDER SCHWIMMEN UND WENN WIR RUDERN MÜSSEN...
DIE KLEINE UND DER SCHIFFSJUNGE SIND UNVERSEHRT! ICH HABE SIE BEI EINER KRÄFTIGEN SUPPE ZURÜCKGELASSEN, DIE SIE GERADE VERSCHLINGEN! ES GIBT NICHTS, WAS DEN APPETIT MEHR ANREGEN KÖNNTE, ALS SO EIN KLEINES STÜRMCHEN! HA! HA! HA!
CORMO
IN DREI STUNDEN IST DAS SCHIFF STARTKLAR. DEN MOTOR WERDEN WIR SCHON SO ZUSAMMENFLICKEN, DASS ER BIS TAGO-TAGO HÄLT... AUF UNSER AUFENTHALTSVERBOT PFEIFEN WIR, SIE WERDEN UNS WEGEN DER REPARATUREN AUFNEHMEN MÜSSEN!
VERGISS DEINEN KNÖCHEL NICHT, DER MUSS NÄMLICH AUCH REPARIERT WERDEN...!

NUN? FEST ENTSCHLOSSEN? DU WILLST HIER-BLEIBEN?
ICH HABE EUCH SCHON GENUG ÄRGER BEREITET, CABALLEROS! UND AUSSERDEM BRAUCHT DIE FIRMA EINEN NEUEN DIREKTOR... VERGESST NICHT, DASS DIE PERLENAUSBEUTE VON JETZT AN ZWISCHEN CRYSTAL UND MIR GETEILT WIRD ...
ICH WILL DAVON NICHTS HABEN. ABER WENN SIE BLEIBEN, BITTE ICH SIE, SICH UM DAS GRAB MEINES BRUDERS ZU KÜMMERN. ICH DENKE, DASS WIR ALLE IHM DAS SCHULDIG SIND...
UND SEINE PERLENFISCHEREI WIRD AUFBLÜHEN, DAFÜR SORGE ICH. KOMMEN SIE DOCH IN SECHS MONATEN MAL WIEDER ZUM AUSTERNSCHLÜRFEN VORBEI! ICH WERDE HIER EIN SCHILD AUFSTELLEN... INSEL DER GLÜCKSELIGKEIT!
ADIEU, ALTES HAUS... UND VIEL SPASS BEI DER ARBEIT!
ADIOS, ALTER SEERÄUBER!
UND DIE MURÄNE?
DER TAIFUN HAT DEN MEERESBODEN TOTAL AUFGEWÜHLT... SIE WIRD SICH IN RUHIGERE GEFILDE ZURÜCKGEZOGEN HABEN!... UND SIE WEISS JA JETZT, DASS MIT EL LOBO NICHT GUT KIRSCHEN ESSEN IST!
ENDE

Carlsen Comics

Das bunte Programm

TIM UND STRUPPI

Tim, sein Hund Struppi, der immerzu fluchende Kapitän Haddock, die Detektive Schulze und Schultze, Professor Bienlein und die unnachahmliche Sängerin Castafiore – sie begeistern nun schon fast ein Menschenalter lang alle Leser „zwischen acht und achtzig"

Von Hergé.

ALFRED JODOCUS KWAK

Die große Comic-Serie nach der erfolgreichen Musikfabel von Herman van Veen!

Von Herman van Veen, Hans Bacher und Harald Siepermann.

GASTON

Mit seinen verrückten Einfällen und Erfindungen bringt der Bürobote Gaston die gesamte Belegschaft des Carlsen Verlages an den Rand des Wahnsinns. Gaston ist die größte Katastrophe, seit es Comics gibt.

Von André Franquin.

SPIROU UND FANTASIO

Nichts ist aufregender als ein Tag im Leben von Spirou und seinem Freund Fantasio. Dafür sorgt schon das Marsupilami, das gefleckte Wundertier mit dem unendlich langen Schwanz!

Von André Franquin und Jean-Claude Fournier.

SPIROU CLASSICS

Eine Liebhaberausgabe mit klassischen Spirou-Geschichten aus den 40er Jahren.

Von André Franquin.

DIE ABENTEUER DES MARSUPILAMIS

Der palumbianische Urwald, die Heimat des Marsupilamis, wurde noch von kaum einem Menschen betreten. Was das gelbe Wundertier mit dem neun Meter langen Schwanz hier erlebt, schildert diese neue Albumreihe.

Von Franquin, Greg und Batem.

CUBITUS

Cubitus, die gewichtige Hundepersönlichkeit, ist mit allen Wassern gewaschen, wenn es darum geht, seinen Herrn Bojenberg zur Verzweiflung zu bringen. Nur dem feisten Kater Paustian ist er nicht immer gewachsen…

Von Dupa.

YOKO TSUNO

Die japanische Elektronik-Spezialistin Yoko Tsuno und ihre Begleiter Vic und Knut erleben phantastische Abenteuer im Weltraum und auf der Erde.

Von Roger Leloup.

DER ROTE KORSAR

Schon sein Name bringt jeden Seemann der Sieben Weltmeere zum Erzittern. Zusammen mit seiner wilden Meute macht der Rote Korsar Jagd auf die Schätze von Edelleuten und Königen.

Von Jean-Michel Charlier und Victor Hubinon.

PERCY PICKWICK

Sehr „britisch" ist die Lebensart von Percy Pickwick, dem Geheimagenten Ihrer Majestät. Seinen gefährlichen Beruf bewältigt Pickwick mit viel Humor.

Von Turk, Bédu und de Groot.

PRINZ EISENHERZ

Hal Fosters gewaltiges Epos aus den Tagen König Arthurs erscheint in dieser Edition endlich als vollständige und originalgetreue Gesamtausgabe.

Von Hal Foster.

JEFF JORDAN

Jeff Jordan ist ein Privatdetektiv, dem kein Fall zu gefährlich ist. Ihm zur Seite stehen Teddy, ein ehemaliger „schwerer Junge" sowie der unnachahmliche Inspektor Stiesel.

Von Maurice Tillieux.